EISKALTES
VERSPRECHEN

EISKALTES
VERSPRECHEN
(A COLD DARK PROMISE)

TONI ANDERSON

Übersetzt von
MARTIN WICK

DEUTSCHE BÜCHER VON TONI ANDERSON

Romantische Krimis

Kalte Gerechtigkeit Serie
Ein kalter, dunkler Ort (A Cold Dark Place)
Kalte Jagd (Cold Pursuit)
Kaltes Morgenlicht (Cold Light of Day)
Kalte Angst (Cold Fear)
Kalte Schatten (Cold in the Shadows)
Kaltes Herz (Cold Hearted)
Kalte Geheimnis (Cold Secrets)
Kalte Bosheit (Cold Malice)
Eiskaltes Versprechen (A Cold Dark Promise)
Kaltblütig (Cold Blooded)

Kalte Gerechtigkeit – die Verhandler Serie
Kalt und tödlich (Cold & Deadly)
Kälter als die Sünde (Colder Than Sin)
Kalte böse Lügen (Cold Wicked Lies)
Kalter grausamer Kuss (Cold Cruel Kiss)
Eiskalt (Cold as Ice)

DEMNÄCHST ERHÄLTLICH …
Kalte Stille (Cold Silence)
Tödliches Spiel (The Killing Game)

Andere deutsche Titel
Im Sog Der Gefahr
Wogen Des Zorns

Auf meiner Website findest du alle deutschen Übersetzungen
meiner Bücher:
toniandersonauthor.com/german

Melde dich für meinen deutschsprachigen Newsletter an und
erhalte zwei kostenlose, exklusive „Kalte Gerechtigkeit"-
Kurzgeschichten sowie Informationen darüber, wann meine
nächste deutsche Übersetzung verfügbar ist.

Für Aimee.

ERSTES KAPITEL

S ONNENSTRAHLEN FIELEN AUF die Kirschblüten, die das
Tidal Basin einrahmten, und wurden vom weißen Marmor
des Jefferson Memorials als blendend weißes Licht zurückgeworfen. Alex Parker manövrierte seinen Audi gekonnt
durch den Verkehr auf der Stadtautobahn, während er und
seine Verlobte, FBI-Agentin Mallory Rooney, in das Herz der
Landeshauptstadt fuhren. Sie waren in Richtung der
Innenstadt unterwegs, der Gestank von Abgasen vermischte
sich mit den Gerüchen aus den unzähligen Imbisswagen, die
die Straße säumten. Touristen tummelten sich auf den
Gehwegen. Busladungen voller Schüler waren zum Capitol
unterwegs.

Für die Tage, an denen sie bis spät arbeiteten und nicht bis
nach D.C. zurückfahren wollten, hatten Alex und Mallory eine
Wohnung in Quantico gemietet. Ihr neues Haus würde in ein
paar Wochen fertig zum Einzug sein, wenn sie aus ihren
Flitterwochen zurückkehrten.

„Ich werde fett." Mallory strich mit ihren Händen über
ihren runden Bauch. Sie war in der siebenundzwanzigsten
Woche schwanger und sah mit jedem Tag schöner aus. Und in
etwa so lange kannte er diese Frau auch, die sein Leben aus der
Dunkelheit ins Licht geführt hatte.

„Ich glaube, so soll das auch sein", sagte er zärtlich. Ihre
Haare waren etwas länger als damals, als sie sich

kennengelernt hatten. Sie lagen nun wie eine dunkle Kappe um ihren Kopf, und die Spitzen umrahmten ihr elfengleiches Gesicht. Am Samstag in einer Woche würden sie heiraten.

„Ich bin mir nicht sicher, ob diese Fortpflanzungssache gerecht zwischen den Geschlechtern aufgeteilt ist", bemerkte sie trocken.

„Hey, ich habe mein Soll erfüllt."

„Dein Soll waren ein paar Minuten heftige körperliche Betätigung." Sie klang eindeutig unbeeindruckt. Das würde er später richten müssen.

„Soweit ich mich erinnere, habe ich weit mehr als nur meine Pflicht getan." Er schenkte ihr ein anzügliches Grinsen.

Ihre bernsteinfarbenen Augen schworen Rache, noch während ein leichtes Lächeln über ihren Mund spielte. „Ist das so?", fragte sie langsam.

Er drückte ihre Hand. „Ich verspreche, mich zu revanchieren, sobald das Baby da ist."

Mallorys Augen wurden weich. „Das weiß ich doch."

Er ließ ihre Finger los und schaltete.

„Ich werde auf unseren Hochzeitsfotos wie ein Scheunentor aussehen", murmelte sie nachdenklich.

„Man kann kaum sehen, dass du schwanger bist." Er liebte jeden zusätzlichen Zentimeter an ihr.

Mallory starrte abgelenkt auf ihren Babybauch. „Ich muss der Schneiderin sagen, dass sie genug Platz für all das Essen lassen soll, das ich diese Woche noch verschlingen werde. Oder ich muss hungern."

„Auf keinen Fall", erwiderte Alex entschieden. „Von mir aus können wir auch nackt heiraten, aber du wirst keinesfalls hungern, um in irgendein albernes Kleid zu passen."

Ihre Mundwinkel zuckten. „Mein Hochzeitskleid ist ein

Kunstwerk.“

„*Du* bist ein Kunstwerk.“

„Und das ist der Grund, weshalb ich dich liebe.“ Ihre Hände fuhren in einer gleichmäßigen Bewegung über ihren Bauch. „Ich glaube nicht, dass der Pastor es gutheißen würde, wenn wir nackt dort auftauchten, aber die Blicke würde ich gerne sehen.“

„Sag mir einfach Bescheid, ob wir es machen sollen.“

Mallory lächelte, und sein Puls beruhigte sich etwas. Die Vorstellung, sie würde nicht ordentlich auf sich aufpassen oder sich unter Druck setzen, bereitete ihm eine Heidenangst. Am Silvesterabend hatten sie gedacht, sie hätte das Baby verloren. Dann, im Februar, hatte er für ein paar wenige grauenhafte Minuten geglaubt, Mallory wäre in ihrem Hotelzimmer ermordet worden. Das waren die schrecklichsten Augenblicke seines Lebens gewesen, was für einen ehemaligen Auftragsmörder, der Monate in einem marokkanischen Gefängnis eingesessen hatte, einiges heißen wollte.

„Wir können immer noch nach Las Vegas durchbrennen“, schlug er vor.

„Das hättest du wohl gerne.“

Sie hatte recht. Sie kannte ihn zu gut.

Mallory wurde ernst. „Tut mir leid, dass ich dir dieses Brimborium aufgezwungen habe. Ich weiß, du würdest dieses ganze Drama lieber überspringen.“ Und wieder spürte er das Ziehen in seinem Herzen. „Es ist nur so, Mom und Dad …“ Sie verstummte.

Ihre Zwillingsschwester Payton war entführt worden, als sie beide acht Jahre alt gewesen waren. Im letzten Dezember hatte die Familie endlich erfahren, was mit ihr passiert war, und hatte sie bestatten können.

„Das ist es wert", versicherte ihr Alex.

Sie lächelte, aber die Schuld schimmerte noch immer in ihren Augen.

„Mir macht diese ganze Hochzeitsnummer wirklich nichts aus." Er musste sich daran erinnern, es nicht als „Mist" zu bezeichnen, wenn er mit Mallory sprach. „Ich will nur nicht, dass du dir Stress deswegen machst, wie du aussiehst oder was du anhast. Du bist wunderschön. Dass du mit unserem Kind schwanger bist, ist so verdammt sexy. Jedes Mal, wenn ich dich anschaue, verliebe ich mich aufs Neue in dich. Deine Gesundheit und die Gesundheit des Babys sind das Einzige, was mir wichtig ist. Du kannst in Lumpen da auftauchen, und ich würde dich heiraten. Zum Teufel, du könnest grün angemalt landen, und ich würde nicht mal mit der Wimper zucken."

„Keine schlechte Vorstellung."

„Natürlich nur schadstofffreie Farbe", ermahnte er sie.

„Ja, Liebling."

Er grinste. Sie hielten vor *Blissed*, einem noblen Geschäft für Brautwaren, dessen Schaufenster mit mehr Tüll ausgestattet war als das Bolschoi-Ballett. Alex stieg aus dem Auto und ging um den Wagen herum, um ihr die Beifahrertür zu öffnen.

„Du holst gleich die Smokings ab, oder?", fragte sie ihn, nahm ihre Handtasche und hielt sich an seinem Arm fest, damit er ihr aus dem tiefergelegten Sportwagen helfen konnte. Meistens trug Mallory ein Kostüm zur Arbeit. Heute trug sie ein weißes, mit Margeriten bedrucktes Sommerkleid aus Baumwolle, darüber eine luftige weiße Strickjacke, die Alex an lange, heiße Sommertage und Picknicks in Maisfeldern denken ließ. Ihre Waffe hatte sie in ihrer Handtasche.

„Jawohl, Ma'am. Frazer holt seinen Smoking selbst ab, die anderen nehme ich mit." Der leitende Special Agent in Stellvertretung Lincoln Frazer – Mallorys Vorgesetzter – war Alex' Trauzeuge. Seine weiteren Trauzeugen waren FBI-Agent Lucas Randall und zwei seiner ehemaligen Armee-Kumpels, mit denen er nach Jahren der Funkstille wieder Kontakt aufgenommen hatte.

Dermot Gray und Haley Cramer, seine Geschäftspartner, vervollständigten seine Seite der Hochzeitsgesellschaft. „Ich werde noch ins Büro fahren, um mich mit Dermot und Haley und den Jungs aus der Cyberkriminalität zu besprechen." Jeder, der für ihn arbeitete, war auch zur Hochzeit eingeladen. Das bedeutete, dass sie im Hotel, in dem die Feier stattfinden würde, ein Zimmer für Notfälle angemietet hatten, damit sie an laufenden Ermittlungen arbeiten und auf die neuesten Entwicklungen reagieren konnten. Ein paar von ihnen würden nichts trinken, aber niemand würde sich die Party komplett entgehen lassen. „Soll ich dich in einer Stunde abholen?"

Mallory schüttelte den Kopf. „Meine Mom hat uns zum Mittagessen eingeladen."

Die Muskeln in seiner Brust zogen sich zusammen.

„Ich habe ihr schon gesagt, dass du zu tun hast, du kannst mir also später danken. Ich nehme ein Taxi, wenn wir mit dem Essen fertig sind."

Alex küsste sie auf die Stirn. „Und das ist einer der vielen Gründe, weshalb ich dich liebe."

Sie strich mit der Hand über seine Wange. „Einer der Gründe."

Ein paar Minuten standen sie noch auf dem Bürgersteig, ohne sich von der Stelle zu rühren. Er konnte nie genug davon bekommen, sie zu küssen.

Dann löste sich Mallory, sah so benommen aus, wie er sich fühlte. „Holt Haley ihr Kleid ab, oder soll ich es zusammen mit den anderen liefern lassen?"

„Ich frage sie."

Mallory blickte ihn wissend an. „Ist sie immer noch sauer, weil sie nicht deine Trauzeugin ist?"

Alex nahm Mallorys Finger und führte sie an seine Lippen. „Sie wird darüber wegkommen."

„Irgendwann sicher." Mallory kannte Alex' Geschäftspartnerin schon gut genug, um zu wissen, dass Haley ihn lange und teuer dafür zahlen lassen würde, bevor sie ihm verzieh.

„Ich habe sie auf meinen Junggesellinnenabschied eingeladen", sagte Mal plötzlich.

Alex spürte, wie ihm alles Blut aus dem Kopf wich. „Hat sie zugesagt?"

„Sie hat noch nicht geantwortet."

Haley und Dermot waren Alex' beste Freunde am MIT gewesen. Von den dreien war Haley der ungebändigte Freigeist. Sie kam aus einer wohlhabenden Familie und hatte das Startkapital für die Firma geliefert. Sie war blitzgescheit und konnte feiern, als ob es kein Morgen gäbe. Er liebte sie wie eine Schwester, aber Gott stehe dem Mann bei, der sich in sie verlieben würde.

„Wenn sie dir Schwierigkeiten macht, werde ich sie kidnappen und für einen Monat auf einer einsamen, karibischen Insel aussetzen. Allein. Zwei Monate vielleicht. In dem Fall würde ich eine Proviantlieferung organisieren."

„Dann würde sie dich wirklich umbringen."

„Erst müsste sie mich schnappen." Er seufzte. „Ich muss ihr einen anständigen Freund suchen."

Mallory boxte ihn in den Arm. „Du musst ihr überhaupt nichts suchen. Sie ist mehr als in der Lage, selbst einen Mann zu finden."

Alex schüttelte den Kopf. „Sie steht auf Idioten. Ich werde versuchen, ihr einen netten Kerl zu finden, dem ihre scharfen Kanten nichts ausmachen."

Mallory fuhr mit der Hand über seine Brust, ihr Verlobungsring funkelte im Licht des Morgens wie eine kleine Sonne. „Sie wird jemanden finden. Das Schlimmste, was du tun kannst, ist, sie zu verkuppeln."

Alex Mund zuckte. „Vielleicht lernt sie auf der Hochzeit jemanden kennen."

Laut der Hochzeitsplanerin war seine einzige Aufgabe für den großen Tag – abgesehen davon, aufzutauchen –, die Sitzordnung für den Empfang zu planen und handschriftlich zweihundert Platzkärtchen zu schreiben. Anscheinend war freie Platzwahl nichts, was in diesen Kreisen gut ankam. Was verdammt schade war, wenn man bedachte, wie viele Politiker auf der Gästeliste standen. Vielleicht würde er Haley an einen Tisch mit sämtlichen Junggesellen setzten, die er kannte, aber dann würde sie ihn auf jeden Fall umbringen. Er hatte eigentlich jemanden damit beauftragen wollen, die Platzkarten für ihn zu schreiben oder sie drucken zu lassen, aber die Hochzeitsplanerin hatte darauf bestanden, dass die persönliche Note die ganze Angelegenheit authentischer machen würde.

Wieso sollte eine Karte, die einem vorschrieb, wo man beim Abendessen zu sitzen hatte, die Authentizität ihrer Ehegelübde bestimmen?

Wie auch immer. Er würde diese verfluchten Karten diese Woche schreiben.

Alex schaute auf die Uhr, dann fiel sein Blick auf die Tür des kleinen Geschäfts voller weißer Wolken. „Soll ich mitkommen?"

„Nein danke. Ich denke, mehr Pech brauchen wir nicht."

Alex grinste und zog sie wieder an sich, küsste ihre Nasenspitze und spürte, wie ihr Kind gegen seinen Bauch trat. Er schaute hinunter auf Mallorys Bauch. „Jemand ist munter."

Mal lachte und legte die Hand auf ihren Bauch. „Wem sagst du das. Dieses Kind wird entweder Kickboxer oder Fußballer."

„Bist du sicher, dass du in Ordnung bist?" Er musterte ihr Gesicht, suchte nach Anzeichen von Müdigkeit, aber ihre Haut war weich und glatt wie ein Pfirsich und sie strahlte förmlich vor Glück.

„Mir geht's bestens."

Er schluckte den Kloß in seinem Hals hinunter.

„Ich schreibe dir, sobald ich mit dem Lunch mit meiner Mutter fertig bin. Wir sehen uns zu Hause, dann können wir eine Runde mit Rex spazieren gehen."

Rex war ihr Golden Retriever, den sie adoptiert hatten, nachdem seine frühere Besitzerin brutal ermordet worden war. Er blieb bei Alex' Nachbar, wenn sie über Nacht in Quantico waren, nur so lange, bis sie endlich ihr neues Zuhause beziehen konnten. Zum Glück war Rex daran gewöhnt, in einer Wohnung zu leben.

„Klingt nach einem Plan." Alex schaute Mallory hinterher und fragte sich, womit er so ein Glück verdient hatte.

Eine Stunde später parkte er vor einem Sandsteinhaus in Woodley Park, in dem sich die Sicherheitsfirma *Cramer, Parker und Gray* befand. Fünf sorgfältig eingepackte, maßgeschneiderte Smokings lagen in seinem Kofferraum.

Haleys Kleid würde zusammen mit den Kleidern der Brautjungfern geliefert werden. Als er die Stufen zur Eingangstür hinaufstieg, piepte sein Handy mit einer Nachricht von einer unbekannten Nummer. Er hielt inne, um die Nachricht zu lesen.

Für einen Augenblick stand er da und überlegte, die Aufforderung zu ignorieren. Dann schloss er die Augen und fluchte. Er machte auf dem Absatz kehrt, dann schritt er die Connecticut Avenue in nordwestlicher Richtung hinunter. Wenigstens war es warm. Kaffeeduft stieg ihm in die Nase, und er fand einen Starbucks in der Nähe, in dem er zwei schwarze Filterkaffees kaufte. Dann überquerte er die Straße und betrat den Zoo, mischte sich unter die Touristen und die Eltern, die ihre Kinder in Buggys durch die Anlage schoben. Ein Anflug der Vorfreude kribbelte durch ihn hindurch. Das könnte bald er selbst sein, wie er seinem Kind die Freuden von Tieren und Natur näherbrachte.

Alex schlängelte sich durch die Menschenmassen, stellte sicher, dass er nicht beschattet wurde. Nachdem er den gesamten Zoo durchquert hatte, drehte er sich wieder um, ging zurück zum Pandagehege – dem ganzen Stolz des Zoos – und setzte sich auf eine freie Bank. Er stellte den zweiten Kaffee auf einer der Holzstreben ab und legte den Arm auf die Rückenlehne. Der große, männliche Panda kam aus dem Bau und zog seine Kreise durch die Anlage, betrachtete die Betonwände, als ob er nach einem Ausweg suchen würde.

Plötzliche Panik nagte an den Rändern von Alex' Verstand wie scharfe Krallen an einer Höhlenwand. Erinnerungen an die Gefangenschaft drangen auf ihn ein – Schmutz, Schmerzen, Verzweiflung. Er zwang sich, langsam und gleichmäßig zu atmen. Er war nicht länger in diesem marokkanischen Drecksloch gefangen. Er war niemandem mehr ausgeliefert.

Die Bank knarzte, als sich jemand neben ihn setzte. Alex hielt den zweiten Becher Kaffee hoch, und die Frau nahm ihn zaghaft entgegen, darauf bedacht, seine Finger nicht zu berühren.

Sie hatte heute Morgen auf ihr Geschäftskostüm verzichtet und trug stattdessen Sportkleidung – schwarze Leggings und einen schwarzen Kapuzenpulli, dessen Reißverschluss sie bis unter das Kinn zugezogen hatte. Neonorange Nikes lieferten den einzigen Farbklecks. Um die Taille hatte sie eine schmale Gürteltasche gebunden. Vielleicht glaubte sie, dass sie vor ihm davonlaufen müsste. Kein gutes Zeichen.

„Jane." Er nickte bedächtig.

Früher einmal hatte er Jane Sanders verachtet, die als Vermittlerin zwischen den Anführern des Gateway Projects und dessen Fußsoldaten gedient hatte. Jetzt tat sie ihm leid.

Ihr Unbehagen war in ihren gehetzten Augen und in der Anspannung, die sie verströmte, deutlich zu erkennen. Sie schob sich eine platinblonde Haarsträhne hinter das Ohr. Ihre Hand zitterte.

Er flößte ihr Todesangst ein. Sie hatte schon immer furchtbare Angst vor ihm gehabt. Warum also hatte sie ihn jetzt kontaktiert?

„Mr. Parker." Ihre Stimme klang heiser.

Alex zog die Augenbrauen hoch. „Ich dachte, du würdest mich mittlerweile Alex nennen?"

Sie presste die Lippen zusammen und wandte den Blick ab, starrte in die Ferne, sah weder die Pandas noch die Menschenmengen.

„Ich habe meine Tochter gefunden", sagte sie langsam.

Die ganze Welt wurde still.

Vor vier Jahren war Jane Sanders einer gerichtlichen Anordnung nachgekommen und hatte ihre damals vierjährige Tochter über den Sommer deren Vater besuchen lassen. Danach hatte Jane ihr Kind nie wiedergesehen. Ein internationaler Haftbefehl gegen den Vater lag vor, aber ihr Ex war verschwunden.

Janes Finger spielten nervös mit dem Saum ihrer Jacke, ihre Knöchel traten weiß auf ihrer rosa Haut hervor. „Ahmed ist auf einer Yacht in Südfrankreich. Antibes. Taylor ist bei ihm."

„Woher weißt du das?"

„Ein Freund von mir hat ihn gesehen."

„Dann ist Masook längst verschwunden." Ahmed Masook war ein wohlhabender Mann, der seine Freiheit nicht riskieren würde.

Jane schluckte. Sie hatte scharfe, feine Züge. Eine kleine gerade Nase, lebhafte blaue Augen und blasse Haut, die eher verbrannte, als braun zu werden. „Er hat meine Freunde nicht gesehen. Er kennt sie nicht. Er ist noch immer da. Sie beide."

„Dann geh zur Polizei", schlug Alex ungeduldig vor. Er war nicht ihr Handlanger. Er hatte keine Zeit für so etwas. Er würde nächste Woche heiraten. Sie waren keine Freunde. Sie waren nie Freunde gewesen.

„Er muss die Polizei bestochen haben. Sonst wäre er nicht dort. Wenn ich zur Polizei gehe, wird er es mitbekommen. Und verschwinden."

Alex rollte seine Schultern aus, beugte sich vor und stützte die Unterarme auf den Knien ab. Er hielt noch immer den Kaffeebecher in beiden Händen. Vögel sangen in den Bäumen, deren junge Blätter im Wind raschelten. Osterglocken nickten im Rhythmus der Brise mit ihren gelben Köpfen.

„Hilf mir, Taylor da rauszuholen und in die USA zurückzubringen. Danach kümmere ich mich um alles Weitere."

„Du bittest mich, ein Kind von seinem Vater fortzureißen", erwiderte Alex ruhig.

„Er hat sie mir weggenommen!" Ihre Augen funkelten aufgewühlt. Sie stellte den Kaffeebecher ab, ohne einen Schluck getrunken zu haben, und krallte die Finger ineinander wie verflochtene Ranken. „Ich war bereit, die richterlichen Anordnungen zu befolgen. Ich war bereit, Taylor um unser aller Willen mit ihm zu teilen. Aber Masook hat das nicht gewollt. Es hat ihm nicht gefallen, dass ich ihn verlassen und unsere Tochter mitgenommen habe. Er glaubt, er stünde über dem Gesetz."

Jetzt, da Alex selbst bald Vater werden würde, konnte er Janes Qualen besser nachvollziehen. Und Masooks.

Jane griff nach seiner Hand. „Ich flehe dich an."

Die Tatsache, dass sie ihn berührte, war verblüffend. Sie war aus Angst vor ihm immer ganz versteinert gewesen. Trotzdem hatte sie ihn um Hilfe gebeten.

Ihre Augen wurden groß, als ihr bewusstwurde, was sie da tat. Sie ließ seine Hand los und rutschte von ihm fort. Dann schob sie rebellisch das Kinn vor, und ihre Augen wurden schmal. „Ich könnte dich und deine kostbare Verlobte bedrohen. Ich könnte dein Leben zerstören."

Alex hielt ihrem Blick stand, und alles in ihm wurde still. Ein winziger Teil seiner Seele riss sich los und schwebte in der Brise davon.

„Das könnte ich. Aber ich werde es nicht tun." Ihr Ausdruck wurde niedergeschlagen. Sie stopfte ihre Hände unter ihre Oberarme, als ob ihr plötzlich furchtbar kalt wäre. „Ich sage nur, dass ich es tun könnte."

Und Alex würde sie zerstören. Aber er wollte sie nicht zerstören. Sie war schon längst gebrochen.

„Taylor erinnert sich womöglich nicht einmal mehr an dich."

Ihr Mund verzog sich, und sie blickte ihn geschlagen an. „Ich weiß. Aber ich weiß auch, was für ein Mann Ahmed ist." Sie ballte die Hände zu Fäusten. „Ich werde mein Baby nicht bei diesem Monster zurücklassen." Sie begann zu schluchzen.

Alex wollte sich nicht von ihrem leidenschaftlichen Flehen umstimmen lassen. Er starrte auf seine Schuhe. Jane war jung. Sie konnte noch mehr Kinder bekommen. Noch während er das dachte, wusste er, dass das egal war. Ein Kind konnte niemals durch ein anderes ersetzt werden.

Sie stand auf und wischte sich die Tränen aus dem Gesicht. „Was würdest du tun, wenn es dein Kind wäre?"

Alex hatte das Wissen und das Können, es mit jedem aufzunehmen, der seine Familie bedrohte, weshalb Jane gerade zu ihm gekommen war. Er würde die Welt Zentimeter für Zentimeter auseinandernehmen, bis er den Täter gefunden hätte. Aber er war kein Auftragsmörder oder der persönliche Söldner für irgendjemanden.

Jane schien seine Entscheidung zu spüren, ohne dass er etwas sagen musste. Sie schloss die Augen und schien in der sanften Brise hin und herzuschwanken.

„Was hast du vor?" Er konnte sich in diese Sache nicht einmischen. Er würde in einer Woche heiraten. Er hatte in Frankreich keinerlei Befugnisse. Er mochte Jane Sanders nicht einmal besonders.

Aber er verstand sie.

Ihr Kinn hob sich. „Ich werde es selbst erledigen."

„Du wirst verhaftet werden oder umkommen."

Der Schmerz in ihren Augen war vertraut und bedrückend. „Ich würde eher sterben, als mein kleines Mädchen niemals zurückzubekommen."

Alex dachte an die zärtlichen Berührungen seiner eigenen Mutter. An ihr liebevolles Lächeln. Ihre warmen Umarmungen. Er dachte an Mallory an ihrer Stelle. Es machte keinen Unterschied. Er wusste, wie seine Antwort lauten musste. Er konnte Jane nicht helfen.

Ohne ein weiteres Wort stand sie auf und ging davon.

ZWEITES KAPITEL

MALLORY ÖFFNETE IHREN kleinen Koffer und begann, die Sachen für den Wochenendtrip ihres Junggesellinnenabschieds hineinzustopfen. Anstatt einfach in irgendeiner Bar zu feiern – immerhin war sie schwanger – hatte sie ein entspanntes Wochenende in einem Spa in Virginia gebucht, nicht weit von dem Weingut entfernt, auf dem Alex und sie am nächsten Samstag den Bund der Ehe schließen würden.

In Wahrheit hatten sie diesen Bund schon vor Monaten geschlossen. Alex gehörte zu ihr. Sie gehörte zu ihm. Sie hatten sich ihre Gelübde in diesem verschneiten Wald tief im Herzen von West Virginia gegeben, mit einem Serienmörder als einzigem Zeugen. Aber vielleicht war es nicht unwichtig, das auch im Hellen zu tun, vor Freunden und Familie, und nicht nur umgeben von dem Gestank des Bösen.

Sie wollten eine Familie sein. Glücklich. Vereint. In jeder Hinsicht. Sie wollte, dass er wusste, wie tief ihre Gefühle für ihn waren, wie ernst sie ihre Verpflichtung ihm und ihrem Kind gegenüber nahm.

Sie warf ihm einen Blick zu, fragte sich, ob er auch nur im Geringsten nervös war. Er lag auf dem Bett und starrte an die Decke. Er war nackt, und sie hatten die letzte Stunde damit verbracht, sich zu lieben. Keine schlechte Art und Weise, um ihren freien Tag zu verbringen.

Sie fand einen Badeanzug, der hoffentlich über ihren immer größer werdenden Babybauch passen würde, und warf ihn zusammen mit einem Buch, das sie lesen wollte, in den Koffer. Wenn sie ganz ehrlich war, wollte sie am liebsten hier bei Alex bleiben, aber ihre Mom war ganz aufgekratzt und entschlossen, das Brautmutter-Erlebnis voll und ganz auszuschöpfen. Und da dies ihre einzige Gelegenheit dazu war, tat Mallory ihr den Gefallen.

Mallory berührte die Wölbung ihres Bauches, die flatternde Bewegung darin beruhigte ihr aufgescheuchtes Herz. Margret Tremont verstand, wie verbunden Alex und sie einander waren. Wie unzerbrechlich ihr Bund war. Aber vielleicht hatte ihre Mutter so auch für ihren Vater empfunden, bevor ihr Leben durch die Entführung von Mallorys Schwester auseinandergerissen worden war.

Das Baby beinahe zu verlieren, war furchteinflößend gewesen. Dinge als selbstverständlich hinzunehmen war töricht, vor allem in ihrem Berufsfeld und bei Alex' Vergangenheit. Sie versuchte zu lernen, jeden Augenblick zu genießen – angefangen dabei, sich dieses Wochenende zu entspannen und Spaß zu haben. Sich verwöhnen zu lassen und etwas bitter benötigten Schlaf nachzuholen.

Abgesehen davon war es lange her, seit sie das letzte Mal einfach nur Zeit mit ihren Freundinnen verbracht hatte. Sehr, sehr lange her. So sehr sie Alex auch liebte, sie brauchte auch ihre Freunde. Ihr Kind würde Freunde brauchen, Spielkameraden, Geschwister. Sie würden eine Gemeinschaft brauchen.

Mallorys Brautjungfern waren ihre beiden besten Freundinnen vom College und Ashley Chen, eine FBI-Agentin, zu der Mallory ein enges Verhältnis aufgebaut hatte, seit sie vor ein paar Monaten angefangen hatten, zusammenzuarbeiten. Ashley war mit einem von Mallorys ältesten Freunden, Lucas Randall, zusammen, der ebenfalls einer ihrer Trauzeugen war, also ergab es nur Sinn, Ashley ebenfalls dabeizuhaben. Das eigentliche Problem war es, sich zu überlegen, wo Ashley ihre Waffe würde verstecken können, denn FBI-Agenten waren offiziell immer im Dienst. Mallory würde erst gar nicht versuchen, ihre Glock am Körper zu tragen. Bei der Hochzeit würden mehr bewaffnete Gäste anwesend sein, als bei den meisten Abschlussfeiern der Police Academy. Es sollte sicher genug sein, um den Tag freizumachen.

Alex und sie würden ihre Zeit zwischen dieser Wohnung, die Alex behalten wollte, weil seine Firma in der Stadt ansässig war, und einem wunderschönen viktorianischen Haus aufteilen, das sie in der Nähe der FBI-Academy gefunden hatte, wo sie derzeit beide einen Großteil ihrer Arbeitszeit verbrachten. Das Haus wurde seit Monaten renoviert, Alex hatte die Sicherheitsvorkehrungen auf Vordermann gebracht, und alles sollte zum Einzug bereit sein, sobald sie aus ihren Flitterwochen auf Hawaii zurückkamen.

Zwei Wochen lang nichts als Strand und Entspannung. Sie konnte es kaum erwarten.

Sie blickte zu Alex und bemerkte, dass etwas nicht stimmte. Sie war nackt, und selbst wenn sie es nicht war, starrte er sie die meiste Zeit über an. Nicht auf eine gruselige Stalker-Art. Auf eine ich-kann-nicht-glauben-wie-viel-Glück-ich-habe-Art. Anfangs war das irritierend gewesen, aber auch schmeichelnd. Aber in diesem Moment schenkte er ihr keinerlei Aufmerksamkeit.

Er grübelte.

Oh, oh.

„Was ist los?", fragte sie ihn.

Alex sah sie an und zog eine Grimasse. Er sagte nichts, also kam sie näher und setzte sich rittlings auf seine Hüften, ließ sich auf seine warme Haut und seine schlanken Muskeln sinken. Sie fuhr mit ihren Händen über seinen Bauch.

„Ich kann dich dazu zwingen, es mir zu sagen." Sie grinste ihn an. Aber in seinen silbernen Augen tanzten Schatten, verwandelten sie in ein Dunkelgrau.

Er hielt ihre Hände fest. „Jane Sanders hat mich heute kontaktiert. Ich habe sie im Zoo getroffen."

„Oh." Jane Sanders? Mallory wollte vom Bett steigen, aber Alex krallte seine Hände in ihre Oberschenkel.

„Was weißt du über sie?"

Mal runzelte die Stirn. Jane Sanders beunruhigte sie aus unterschiedlichsten Gründen, hauptsächlich aber deshalb, weil Jane für ihre Mutter gearbeitet hatte und in das Gateway Project involviert gewesen war. Jane hatte D.C. verlassen, als Mallorys Mutter nicht länger im Senat tätig gewesen war. Mallory hatte damals angenommen, sie würde nie wieder von dieser Frau hören.

„Nicht viel. Was will sie denn? Wird sie uns Ärger machen?" Das war ihre einzige wirkliche Befürchtung. Dass jemand Alex' Vergangenheit verraten könnte, und sie ihn verlieren würde. Sie durfte ihn nicht verlieren. Er hatte gesagt, dass alle Vorsichtsmaßnahmen getroffen waren. Sie vertraute ihm, aber sie machte sich dennoch Sorgen…

Alex drehte sie so, dass sie nebeneinander auf dem Bett lagen und sich anschauen konnten. Er berührte ihr Gesicht. „Es ist alles okay. Wir sind okay." Er holte tief Luft, ein Atmen, das Bedauern und Bedenken verriet. „Ihr Ex-Mann ist ein wohlhabender saudi-arabischer Geschäftsmann, der die gemeinsame Tochter bei ihrem ersten Besuch vor vier Jahren entführt hat. Das Mädchen ist jetzt acht."

Mallory klappte erschrocken den Mund auf. Schwanger zu sein hatte ihre Perspektive auf eine Menge von Dingen verschoben. Das mussten die Hormone sein, aber all ihre Gefühle schienen zurzeit tiefer, voller, ausgeformter.

„Das wusste ich nicht. Sie hat es nie erwähnt." Aber warum sollte jemand das auch in einer beiläufigen Unterhaltung erwähnen? Ganz abgesehen davon, dass Mallory vollkommen von dem Geheimnis darüber eingenommen gewesen war, was mit ihrer eigenen Schwester passiert war, in ihrem eigenen Schmerz gefangen.

„Warum wollte sie mit dir sprechen?", fragte sie.

„Sie hat gehört, dass ihr Ex an der französischen Riviera aufgetaucht ist und wollte, dass ich ihr helfe, das Mädchen zurückzuholen." Alex legte seine Stirn auf ihre. „Ich habe Nein gesagt. Ich heirate nächste Woche. Ich kann jetzt nicht weg hier."

„Was genau hat sie gesagt?" Mallory machte sich auf Drohungen und Erpressungen gefasst.

„Dass sie es in dem Fall selbst erledigen würde."

Die Luft rauschte aus Mallorys Lungen, und Scham darüber, so in ihren eigenen Sorgen gefangen zu sein, überkam sie. Es war nicht lange her, seit sie selbst verzweifelt nach Antworten gesucht hatte.

Sie hörten auf, zu sprechen. Alex Hände glitten zu ihren vollen Brüsten. Er neckte einen ihrer Nippel, bis Mallory bebte und seufzte. Sie drehte sich auf den Rücken, als er sie mit seinen starken Händen und seinem geschickten Mund erforschte. Sie wollte ihn berühren, aber er schien das hier oft zu brauchen – sie zu berühren und zu erforschen, als ob sie sein magischer Ort sei. Er nahm sich Zeit, machte sich jeden Zentimeter ihres Körpers zu eigen, während ihr Blut sich langsam erhitzte.

Lust züngelte in einer Spirale der Erregung durch ihren Körper. Seine Finger glitten zwischen ihre Beine, und sie stöhnte auf. Als er sie so bereitwillig vorfand, drehte er sie um, arrangierte ein Kissen unter ihrem Babybauch und ein weiteres für ihren Kopf. Jetzt, da sie schwanger war, war das ihre bevorzugte Position, und das wusste er. Er hockte sich hinter sie, drang tief in sie ein, und sie kam mit einem tiefen Beben. Alex lehnte sich vor und kniff ihre Nippel, während er langsam in sie hineinstieß. Sie konnte stundenlang so daliegen, tagelang, so gut fühlte es sich an. Sie schauderte vor Lust und würde es nicht ertragen, wenn es aufhörte, aber…

„Mehr, Alex. Tiefer." Das war ein privater Scherz zwischen ihnen beiden, aber die Heiserkeit in ihrer Stimme überraschte sie. Er überraschte sie jedes Mal aufs Neue.

Alex veränderte leicht seine Position und drang tiefer in sie ein, berührte den Punkt in ihr, der sie zittern und beben und wieder in den Abgrund stürzen ließ wie ein Fallschirmspringer mit tödlicher Geschwindigkeit. Mallory schrie auf, und er stieß schneller in sie hinein, seine Hände krallten sich in ihre Hüften, ihre Körper glitschig vom Schweiß.

Sie drängte sich gegen ihn und spürte, wie er sich anspannte und in ihr kam. Seine Finger klammerten sich an sie wie ein Ertrinkender.

Ihr Atem wurde ruhiger. Ihre Herzschläge wurden langsamer und vereinten sich.

Die untergehende Sonne warf lange Schatten durch die Schlafzimmerfenster.

„Du musst ihr helfen", sagte Mallory leise.

Seine Arme legten sich um ihre Hüfte, und er zog sie näher an sich.

„Ich kann noch eine zusätzliche Woche Urlaub nehmen", erklärte sie.

„Du wirst dich auf keinen Fall in diese Sache einmischen."

Sie warf einen Blick über ihre Schulter und lächelte. „Du kannst mich nicht davon abhalten."

Alex küsste ihre Finger und lächelte traurig. „Ich weiß, dass ich dich nicht abhalten kann, aber wenn du darauf bestehst, mitzukommen, dann mache ich das nicht."

Sein silberner Blick war weder verärgert, noch fordernd. Er war ruhig. Undurchschaubar. Mallory stieß frustriert den Atem aus. Es war das erste Mal, dass Alex sich geweigert hatte, sie in etwas zu involvieren. Sie wusste, dass er hin und wieder Dinge vor ihr verheimlichte. Aber an dem Tag, als die Ermittler die Leiche ihrer Schwester entdeckt hatten, hatten sie sich gegenseitig ein Versprechen gegeben.

Keine Lügen mehr.

Niemals.

Und deshalb – das wurde ihr klar – erzählte er ihr jetzt von dieser Sache.

Ihre Finger drückten seine Hand, zogen ihn an sich. „Ich will nicht, dass dir etwas zustößt."

„Ich kann auf mich aufpassen."

Sie schluckte. „Das weiß ich. Aber ich will nicht, dass du auf dich selbst aufpassen musst. Ich will auf dich aufpassen. Ich will diejenige sein, die dir den Rücken freihält."

Er fuhr mit seinem Finger ihre Wirbelsäule hinunter, folgte der Spur mit seinen Lippen.

Mallory schloss die Augen. „Du weißt, wie ich es meine."

„Das tue ich. Dasselbe Gefühl habe ich jedes Mal, wenn du ohne mich zur Arbeit gehst."

Aber er ließ sie dennoch gehen, weil sie die Freiheit brauchte, um ihre Arbeit zu machen, und das respektierte er. Er respektierte sie.

Mallory drehte sich auf den Rücken. Sie wollte nicht, dass Alex diesen Job ohne sie erledigte, aber ihr war auch klar, dass sie nicht die Einzige war, die Freiheit brauchte, um ihren Job zu machen, auch wenn sein Job nicht gerade klar definiert war. Sie berührte sein Gesicht.

„Ich kann nicht fahren", insistierte Alex, aber es lag keine Überzeugung in seinen Worten. „Wir haben eine Hochzeit vorzubereiten und einen Hund, um den wir uns kümmern müssen."

Rex lag im Wohnzimmer auf der Couch. Er würde auch von morgens bis abends Bälle apportieren, aber eigentlich war er ein Stubenhocker, was ihnen beiden im Augenblick nur recht sein konnte. Mallory wollte nach der Hochzeit noch ein oder zwei Welpen dazu holen. Sie hatte Alex davon überzeugt, indem sie ihn daran erinnert hatte, was für gute Wachen Hunde sein können.

„Alles, was du für die Hochzeit zu erledigen hast, ist, aufzutauchen – und diese Platzkärtchen zu schreiben. Die Hochzeitsplanerin", der Alex den Spitznamen *der General* verliehen hatte, und zwar aus gutem Grund, „kümmert sich praktisch um alles andere, einschließlich des Transports der Gäste, die per Flugzeug anreisen. Ich kann die letzten Änderungen durchgeben, die Bestellung der Blumen überprüfen und trotzdem noch jeden Tag nächste Woche arbeiten gehen. Diese Frau zu engagieren war die beste Idee, die du jemals gehabt hast."

Alex legte sein Ohr auf Mallorys Bauch. „Nicht die beste Idee, aber ziemlich inspiriert."

Sie fuhr mit ihren Fingern durch seine Haare. „Wann kommst du zurück?"

„Spätestens Mittwoch, denke ich." Er legte seine große Hand auf ihren Bauch und schaute ihr in die Augen. „Ich werde keine unnötigen Risiken eingehen, und ich werde auch keine Dummheiten machen. Wenn das Mädchen da ist, werde ich einen Weg finden, das Legat mit an Bord zu holen." Das Legat war die offizielle Vertretung des FBI im Ausland. „Oder ich werde sie heimlich da rausholen und sie und Jane zurück in die Staaten bringen." Wieder küsste Alex ihren Bauch. Sie wusste, dass er es kaum noch abwarten konnte, das jüngste Mitglied ihrer Familie endlich kennenzulernen. „Ich bin nicht sicher, ob die Tochter – Taylor – sich nach vier Jahren überhaupt an ihre Mutter erinnern wird."

Mallorys Herz zog sich zusammen, und ihre Hand glitt zu der Stelle, an der ihr Baby sie gegen die unteren Rippen trat. Alex verschränkte seine Finger mit ihren. Mallory war schon jetzt überbesorgt. Die Vorstellung, dass jemand ihr Baby entführen könnte… Sie schluckte schwer. Das hier war wichtig. Jane Sanders war ihr immer ein wenig distanziert vorgekommen, aber kein Wunder. Ihr Kind war entführt worden, und die Tatsache, dass es der Vater gewesen war, machte es für die Mutter nicht weniger herzzerreißend.

Mallory berührte Alex' Lippen. „Komm nicht zu spät zur Hochzeit. Versprochen?"

Silberne Augen blickten sie an. „Versprochen."

DRITTES KAPITEL

DIE SONNE BRANNTE heiß in Alex' Nacken. Es war erst April, aber an der französischen Riviera waren es schon über dreißig Grad. Er trug eine Sonnenbrille, weiße Hosen und ein maßgeschneidertes, blassrosa Hemd, an dem die beiden obersten Knöpfe offenstanden. Die Ärmel waren korrekt aufgerollt, genau bis zur Mitte seiner Unterarme. Er trug braune Lederschuhe. Italienisch. Teuer.

Eine brandneue SIG steckte im Holster an seinem Fußgelenk. Nicht gerade seine bevorzugte Position für eine verdeckte Waffe, aber jeder, der in diesem Wetter ein Jackett trug, fiel auf, und nicht aufzufallen war seine Paradedisziplin.

Jane, er und Jack Reilly, einer der Privatdetektive von Cramer, Parker & Gray, waren über Nacht mit dem Firmenjet nach Paris geflogen, von wo aus sie eine kleine Privatmaschine nach Nizza genommen hatten. Alex posierte als wohlhabender Deutscher, der mit seiner amerikanischen Ehefrau hier Urlaub machte. Diese amerikanische Frau hatte die Anweisung erhalten, nichts weiter zu tun, als geduldig auf seine nächsten Instruktionen zu warten. Etwas, wofür ihn seine echte beinahe-Ehefrau geohrfeigt hätte. Aber wenn Ahmed Masook herausfand, dass Jane hier war, würde er die Flucht ergreifen, und sie würde ihre Tochter nie wiedersehen.

Alex hätte Jane am liebsten in den Staaten gelassen, nur dass der Gedanke daran, eine Woche vor seiner Hochzeit wegen Kindesentführung verhaftet zu werden, nicht gerade seine Vorstellung von Spaß war. Er hatte Versprechen gegeben, die er einhalten wollte, und er hatte Jack Reilly mitgebracht, damit das auch passierte. Er war sich nicht vollkommen sicher, ob Jane ihn nicht doch ans Messer liefern würde, wenn sie dadurch ihr Kind zurückbekommen würde.

Alex blätterte durch die Artikel der deutschen Zeitung *Die Zeit*, während er an seinem Cappuccino nippte. Das Café, in dem er saß, überblickte den Hafen in Port Vauban, wo die Yachten der Normalsterblichen ankerten. Rechts von ihm lag der *Quai des Milliardaires*, der Milliardärskai. Sogar die Superyachten wurden von diesen prunkvollen Megayachten in den Schatten gestellt, und wenn man den Fehler machte, sich nach dem Preis für die Ankerplätze zu erkundigen, konnte man genauso gut wieder umdrehen und in den Sonnenuntergang davon segeln.

Alex war stinkreich, aber nur saudi-arabische Prinzen und russische Oligarchen konnten derartige Summen verprassen.

Antibes war eine wunderschöne Stadt, reich an Geschichte und französischer Kunst. Das Meer war von einem tiefen Azurblau und schimmerte so hell, dass ihm die Augen tränten. Reihen von Wasserfahrzeugen dümpelten an den graugrünen Mauern des uralten Hafens vor sich hin.

Glücklicherweise war der Yachthafen sehr belebt – das machte es umso einfacher, in der Menschenmasse zu verschwinden. Ein unablässiger Strom von Menschen bewegte sich durch den Hafen. Touristen erkundeten die Altstadt, die hinter ihm lag, und das Fort Carré auf dem Hügel im Norden. Einheimische fuhren vorüber. Fischer. Teenager. Eltern mit kleinen Kindern. Es war eine schöne Szenerie, und er wünschte, er könnte diesen Augenblick mit Mallory teilen.

Eine Frau mit warmer, bronzefarbener Haut und

juwelengleichen grünen Augen musterte ihn vom Nachbartisch aus. Er ertappte sie beim Starren. Sie wurde rot und wandte den Blick ab. Sie war schön, passte aber nicht wirklich hierher. Vielleicht, weil sie allein war, in einem Land, in dem schöne Frauen nur sehr selten länger allein waren. Er trank seinen Cappuccino aus und winkte nach der Rechnung.

Alex sprach Französisch, mit starkem deutschem Akzent. „Merci beaucoup." Er gab der Kellnerin ein sehr gutes Trinkgeld.

Dann spazierte er an den kleineren Yachten im Port Vauban vorbei, beobachtete die Gegend mit einer versteckten Kamera, die am obersten Knopf seines Hemds angebracht war, und machte unverhohlen Fotos mit der digitalen Spiegelreflexkamera, die um seinen Hals hing. Ein Tourist, der seinen Tag genoss. Er bewegte sich langsam, scherzte mit ein paar Männern, die mit sonnenverbrannten Gesichtern, breitem Lächeln und einer Kühlbox voller Fische von einem Boot kamen.

Alex atmete den Duft des Mittelmeers ein, Salz und Wasser und den Geruch von Algen, die auf den warmen Felsen trockneten. Nach etwa einer Stunde kam er wieder an dem Café vorbei, in dem die hübsche Frau noch immer saß und auf ihrem Laptop tippte. Er neigte den Kopf, als er sie dabei ertappte, wie sie ihn wieder anstarrte. Dann rückte er seine Sonnenbrille zurecht und ließ seinen falschen Ehering in der Sonne funkeln.

Nur *eine* Frau füllte seine Gedanken aus. Nur eine einzige Frau beschäftigte ihn. Aber vielleicht machte er sich auch etwas vor. Vielleicht genoss diese schöne, junge Frau auch einfach nur die Aussicht. Oder vielleicht war sie der Honig für die Falle, die irgendeine Agentur gelegt hatte.

Und ja, er war zynisch. Ein Aufenthalt in einem

marokkanischen Gefängnis und eine Todesliste konnten das schon zur Folge haben.

Er ging über den breiten Betonweg des Kais auf die riesigen seetüchtigen Paläste zu. Alles war ruhig, bis auf das gelegentliche Kreischen der Möwen und die undeutlichen Stimmen der Passanten. Ahmed Masook war auf einem Boot gesehen worden, das einem Bürger der Vereinigten Arabischen Emirate gehörte. Auch wenn er selbst nicht adlig war, stand der Besitzer dennoch einigen der mächtigsten Männer im Nahen Osten nahe. Alex ging auf die *Fair Winds* zu, neugierig darüber, wie die Sicherheitsvorkehrungen auf so einem Boot aussahen. Wenn der Besitzer nicht an Bord war, würden sie womöglich relativ minimal ausfallen. Das war das bestmögliche Szenario.

Ein beiges Maserati-Cabriolet mit Sitzen aus schwarzem Leder parkte neben den Stufen, die an Deck führten. Alex bewunderte den Wagen. Schnelle Autos waren seine Schwäche. Ein kleines Mädchen rannte an ihm vorbei, sonnengebleichte Haare und braungebrannte Haut. Ihr Atem ging laut und rasselnd, als ob sie weit gerannt wäre.

Taylor Masook.

Sie hakte die dünne Kette aus, die den Eingang zu den Stufen versperrte, und flitzte eilig an Bord.

Es waren keine Wachen zu sehen. Alex konnte auf keinem der Decks auch nur eine Menschenseele entdecken.

Dann ertönten wütende Rufe, die von den alten Steinmauern des mittelalterlichen Hafens zurückgeworfen wurden. Das Mädchen schrie auf. Alex spannte sich an. Ein großer Mann mit schwarzen Haaren und einem dichten Bart tauchte auf, zerrte Taylor grob an ihrem Arm über das Deck.

Ahmed Masook.

Alex begaffte unverhohlen den Tumult, ebenso wie ein

paar Touristen. Es zu ignorieren würde nur verdächtig wirken.

„Wie oft habe ich dir schon gesagt, dass du das Boot nicht verlassen sollst?" Masook sprach Englisch mit ihr. „Du sollst nicht mit den Kindern hier spielen."

„Aber mir ist langweilig, Daddy! Du warst so lange fort, und Josette war auch nicht hier", jammerte das Mädchen und wehrte sich gegen den Griff ihres Vaters, der sie zur Hauptkabine zog.

Wer war Josette?

„Ich habe dir gesagt, dass du hierbleiben sollst, und du hast dich mir widersetzt." Der Mann verlor die Geduld und schüttelte das Mädchen. „Widersetze. Dich. Mir. Nicht!"

Alex musste sich heftig gegen den Impuls wehren, hinaufzustürmen, Masook einen Fausthieb zu verpassen und Taylor direkt zu ihrer Mutter zurückzubringen.

Manche Gesellschaften waren rauer als andere. Jeder Vater würde sich Sorgen machen, wenn er glaubte, das eigene Kind wäre womöglich in Gefahr. In manchen Menschen äußerte sich das dann als beschissene Erziehung. Alex wollte dem Kerl trotzdem eine reinhauen.

Das Mädchen schrie lauter auf und der Mann zerrte sie hinter sich her. „Ich hätte dich zu Hause in Dubai lassen sollen."

Er lebte also in den VAE. Warum hatte Masook das Kind hierher mitgebracht, wenn ein internationaler Haftbefehl gegen ihn vorlag? War er wirklich so vermessen, zu glauben, er würde nicht geschnappt werden, oder hatte er Verbindungen zur örtlichen Polizei, wie Jane vermutete?

Alex spazierte weiter den Kai hinunter. Er hatte in einer der Kabinen einen Schatten herumhuschen sehen – wahrscheinlich jemand von der Crew, möglicherweise Sicherheitspersonal. Und dann war da noch die mysteriöse

„Josette".

Trotzdem, es schien nicht so, als würde es besonders schwierig werden, das Kind zu schnappen. Wenn er nur lange genug in diesem Café saß, würde die kleine Taylor vermutlich sogar einen weiteren Ausflug machen, sobald ihr Daddy nicht aufpasste, und Alex könnte sie einfach von der Straße wegschnappen. Das Problem war nur, dass er so lange nicht warten konnte. Mallory brauchte ihn, und er würde sie nicht lange allein lassen.

Alex starrte auf das Meer und ließ sich von den Wellen beruhigen. Schließlich sagte ihm die untergehende Sonne, dass es Zeit war, in das kleine Château am Rande der Stadt zurückzukehren, das er gemietet hatte.

Er drehte sich um und ging davon. Ein kirschroter Aston Martin schlängelte sich durch die Menschen auf dem Pier, dann hielt er in einer der Parkbuchten gegenüber einer der gewaltigen Yachten. Ein massiger Mann mit kahl rasiertem Schädel stieg aus dem Wagen.

„Schönes Auto", sagte Alex auf Deutsch. Er nickte dem Mann höflich zu. Der Kerl hob erwidernd das Kinn, dann zupfte er sein Jackett zurecht, bevor er eine der Megayachten betrat, die wie ein kleines Kreuzfahrtschiff aussah. Die *Akula*. Hai. Alex kannte das Boot.

Er spazierte weiter, schlenderte umher und schoss Fotos von allem und jedem, während seine Gedanken kreisten. Es war schon ein paar Jahre her, seit er Teil dieses Spiel gewesen war, aber Alex bezweifelte, dass Vladimir Ranich mittlerweile ein *geläuterter* Waffenhändler war.

Was zur Hölle machte Vlad hier in Antibes? Und hatte seine Anwesenheit hier mit Jane Sanders Ex-Mann zu tun, oder war es nur ein seltsamer Zufall?

VIERTES KAPITEL

J ANE STARRTE AUF den kleinen nierenförmigen Pool im schattigen Innenhof des kleinen Châteaus, das Alex Parker gemietet hatte. Sonnenstrahlen fielen durch die Äste einer Trauerweide und brachen sich auf der Wasseroberfläche. Der Duft von Lavendel zog durch die Luft, das entfernte Echo von Schritten auf den alten Kopfsteinpflasterstraßen tanzte leise über die Ziegel der Dächer.

Es hätte idyllisch und entspannend sein können, aber ihre Fingernägel krallten sich in die weiche Haut ihrer Arme, und sie hatte die Zähne so fest zusammengebissen, dass ihr Schädel schmerzte. Sie musste wissen, was los war. Hatte Alex Taylor gefunden? War Ahmed immer noch auf der Yacht? War die Yacht noch immer in Antibes?

Eine Singdrossel flog durch den Garten und flatterte davon, als sie Jane bemerkte, die regungslos im Schatten stand.

War es richtig, ein Kind dem Vater zu entreißen? Würde Taylor dadurch traumatisiert? Und wenn es so war, wäre es das wert? Oder war Jane zu egoistisch?

Was für eine Frau entführte denn ihr eigenes Kind? Ein Kind, das sie von ganzem Herzen liebte, aber das sich vermutlich nicht mehr an sie erinnerte. Janes Mund wurde trocken, und ihre Gedanken kreisten. Unbeantwortete Fragen. Ein hoffnungsloses Dilemma.

Sie schloss die Augen, als ob das ihre Zweifel und Ängste

vertreiben würde.

Sie wünschte, sie könnte sich entspannen, aber das Wissen darüber, dass ihre Tochter womöglich ganz in der Nähe war, machte es ihr unmöglich, an irgendetwas anderes zu denken. Wenn ihr Personenschützer nicht wäre, wäre sie schon längst selbst zum Hafen gegangen, in der Hoffnung, einen Blick auf ihr Baby zu erhaschen. Was genau der Grund war, weshalb Alex Parker Personenschutz für sie abgestellt hatte.

Etwas in ihr verachtete Parker deswegen, aber vor allem war sie einfach nur dankbar, dass er ihr half. Sie wusste nicht, warum er es sich anders überlegt hatte. Es war ihr auch egal. Ihre einzige andere Option wäre es gewesen, zur Gendarmerie National zu gehen und sie zu bitten, Ahmeds Haftbefehl auszuführen. Etwas sagte ihr, dass ihr Ex-Mann hier nicht so frei herumspazieren würde, wenn er nicht jemanden bei der französischen Polizei in seiner Tasche hätte. Und wenn Ahmed herausfand, dass sie hier war, wenn er sie jemals in die Finger bekommen sollte … dann wäre sie eine tote Frau.

„Hier." Eine leise, männliche Stimme ließ sie zusammenfahren, als sich ein Glas mit eiskaltem Wasser in ihr Blickfeld schob.

Sie hatte nicht gehört, wie Jack Reilly den Hof betreten hatte. Für einen so riesigen Kerl bewegte sich der Mann lautlos, es bewegte sich nicht einmal die Luft um ihn herum. Sie nahm ihm das Wasserglas ab. „Vielen Dank."

Reilly hatte ausgeprägte Gesichtszüge, eine spitze Nase, ein stures Kinn. Nicht hübsch, aber auf eine zutiefst maskuline Art gutaussehend. Bisher war er ausnahmslos höflich zu ihr gewesen.

Jane nippte an dem Wasser, und es rann in einer willkommenen Linderung ihren Hals hinunter. Sie wischte sich mit der Hand die Lippen ab. Ihr war nicht einmal bewusst gewesen, dass sie durstig war, bis sie zu trinken begonnen hatte. Alkohol wäre ihr lieber gewesen, aber Reilly sah nicht wie jemand aus, der es gutheißen würde, wenn sie mitten am Tag zu trinken begann.

Er sah aus wie ein Mann, der die Regeln befolgte und niemals die Kontrolle verlor. Jane war auch gut, was das anging. Ihre Selbstkontrolle maskierte eine Trauer, die sie, sollte sie diese Kontrolle verlieren, in ein erbärmliches, heulendes Häufchen Hysterie verwandeln würde, das in der realen Welt nicht mehr funktionierte. Aber sie musste funktionieren. Sie musste überleben und darauf vorbereitet sein, sich um Taylor zu kümmern, sobald sie ihr Kind zurückbekam.

„Sie sollten ins Haus gehen", sagte Reilly.

Jane reagierte gereizt.

Reilly war massiger als Alex Parker, hatte breitere Schultern, aber sie teilten die gleiche dominante, männliche Aura, die ihr durch und durch ging, und vor der sie am liebsten wegrennen würde. Sie erwiderte seinen ruhigen, blauäugigen Blick. Sie würde niemals davonrennen.

„Warum?", fragte sie.

Sie waren allein in dem kleinen Château, das eher ein herrschaftliches Haus als ein Schloss war. Die Angestellten hatten ihnen Essen dagelassen, aber Alex hatte ihnen mitgeteilt, dass sie ihre Dienste nicht benötigten und dass sie die ganze Woche freinehmen könnten. Hoffentlich würden sie gar nicht so lange hier sein.

Sie versuchte, nicht darüber nachzudenken, aber es war möglich, dass sie in weniger als einer Woche ihre Tochter wiederhatte – oder dass sie sie für immer verloren hatte.

Sie würde jederzeit auf Alex Parker setzen. Ihr Kiefer verkrampfte sich, passte sich der Anspannung in ihren Fingern an. Alex war gnadenlos effektiv. Das Erschreckendste an ihm war, dass er immer so verdammt normal aussah, wie ein Kerl, mit dem man ausgehen wollte. Aber Jane wusste genau, wie tödlich er sein konnte. Nicht, dass das Mallory Rooney etwas auszumachen schien …

„Drinnen ist es kühler", erklärte Reilly vernünftig.

Er machte eine Bewegung, als ob er sie berühren wollte, und sie wich vor ihm zurück. „Ich habe schon vor Jahren damit aufgehört, zu tun, was Männer am besten für mich halten, Mr. Reilly. Wenn das also kein Befehl ist, bleibe ich lieber hier."

Er hatte leicht gebräunte Haut, militärisch kurze, dunkelblonde Haare, die in der Sonne glänzten, und intelligente blaue Augen. Sein Ausdruck veränderte sich trotz ihres aufmüpfigen Tonfalls nicht, aber sie hatte den Eindruck, als versuche er, sie zu durchschauen. Er besaß den ruhigen, geduldigen Blick eines Mannes, der es gewohnt war, mit schwierigen Klienten umzugehen.

„Trinken Sie Ihr Wasser aus, Ms. Sanders. Ich will nicht, dass Sie kollabieren und in die Notaufnahme müssen. Das würde nur das Risiko erhöhen, entdeckt zu werden."

Taylor war das Einzige auf der Welt, was ihr wichtig war, und Jane würde die Mission nicht riskieren. Also trank sie das Wasser, ließ es ihren ausgetrockneten Hals abkühlen.

Reilly hielt ihr die Hand hin, und sie gab ihm das Glas zurück. Ihre Finger berührten sich, und ein elektrischer Schock schoss bei dieser Verbindung durch sie hindurch. Ihr Blick traf seinen, und sie konnte sehen, wie seine Pupillen weit wurden, auch wenn der Rest seines Gesichtsausdrucks unverändert und undurchschaubar blieb. Sie war überrascht, dass ihr Körper so auf einen Mann reagierte, wenn ihre Gedanken doch auf ihre Tochter konzentriert waren. Sie hasste es, dass sie von etwas so Niederem wie körperlicher Anziehung hintergangen wurde.

Vielleicht war das die Art des Universums, sie zu bestrafen. Dafür, eine so schreckliche Mutter zu sein.

Reilly verlagerte sein Gewicht auf den anderen Fuß. Ganz offensichtlich würde er so lange hier stehenbleiben, bis sie sich seinem Befehl beugte. Es gefiel ihr nicht, dass er sie herumkommandierte. Es gefiel ihr nicht, kontrolliert zu werden. Und ihr gefiel der kleine Funken der Anziehung nicht, der in der öden Wüste ihres Herzens aufgeflammt war. Sie wollte, dass Jack Reilly sie in Ruhe ließ, und sie wusste genau, wie sie ihn dazu bringen konnte.

„Wollten Sie sonst noch was?", fragte sie vielsagend und musterte ihn von Kopf bis Fuß.

Er trat einen Schritt zurück, wie sie es erwartet hatte. Jack Reilly war kein Typ, der sich während eines Jobs auf ein Techtelmechtel einließ.

Sie kam auf ihn zu, und er wich weiter zurück, dann hielt er die Stellung, als ob er sich daran erinnerte, dass er derjenige war, der bewaffnet und gefährlich war. Ihn aus der Reserve zu locken, war besser, als auf das reflektierende Sonnenlicht im Pool zu starren und sich zu fragen, ob ihre Tochter sich an sie erinnern würde. Je schneller er sie in Ruhe ließ, umso besser für sie beide. Sie fuhr mit der Hand über die warme Baumwolle seines Hemds und spürte, wie sich seine Muskeln anspannten.

Er griff mit seiner freien Hand nach ihrem Handgelenk. „Ms. Sanders", warnte er sie.

„Jane", insistierte sie. Er roch warm und männlich und trug ein würziges Aftershave, das ihre Sinne reizte.

„Was soll das?" Seine Augen wurden schmal, als er auf sie hinunter starrte.

„Ihr Job ist es, jede meiner Bewegungen zu beobachten und sicherzugehen, dass ich nicht runter zum Yachthafen renne, richtig?" Sie wartete seine Antwort nicht ab. Sie wollte ihm einen solchen Schrecken einjagen, dass er sie zukünftig in Ruhe ließ. „Das wäre doch viel einfacher für Sie, wenn wir beide nackt wären."

Seine Lippen wurden schmal und verrieten seine Missbilligung, was ihr unerwarteterweise die Tränen in die Augen trieb.

Jemanden dazu zu bringen, sie zu hassen, war einfach, sie musste sich nur frech oder wie eine Schlampe verhalten. Langsam ließ sie ihre Hand tiefer gleiten, fuhr mit ihren Fingern über den Schritt seiner Hose, gab ihm mehr als genug Chancen, ihrer Berührung auszuweichen. Er strotze nur so vor Testosteron. Nie im Leben würde er derartige Aufmerksamkeit einfach regungslos über sich ergehen lassen.

„Aber Mr. Reilly, ich glaube fast, Sie erwägen meinen Vorschlag." Sie hörte nicht auf, mit ihren Händen über seinen Körper zu fahren, und er wich ihrer Berührung nicht aus, auch wenn seine Augen schmal wurden, und seine Nasenflügel bebten. Die Finger um ihr Handgelenk zogen sich enger zusammen.

„Ms. Sanders", warnte er noch einmal.

„Jane." Sie legte ihre Finger auf seine beeindruckende Erektion, und Verlangen begann, zwischen ihren Beinen zu pulsieren. Dieser Funke der Lust überraschte sie. Mit den Jahren hatte sie Sex oft als Ablenkung von der furchtbaren

Einsamkeit in ihrem Leben benutzt, aber hiervon hatte sie sich eigentlich kein Vergnügen erhofft.

Reilly warf das leere Wasserglas vorsichtig auf ein Sofa in der Nähe, dann griff er auch ihr zweites Handgelenk und schob sie von sich fort.

Sie schmollte angemessen.

„Ms. Sanders." Seine blauen Augen waren nun ganz dunkel, glühend, und für einen verrückten, wilden Augenblick glaubte sie, er würde sie jetzt küssen. „Sie sind eine Klientin." Er ließ ihre Handgelenke los und trat einen Schritt zurück. „Ich gehe mit Klienten keine Beziehungen ein." Er nahm das Glas vom Sofa und ging davon, aber nicht, bevor sie nicht den hervortretenden Stoff am Schritt seiner Hose bemerkte.

„Ich will keine Beziehung, Mr. Reilly." Ihre Stimme brach. Beschämt über dieses Anzeichen ihrer eigenen Verletzlichkeit fügte sie hinzu: „Ich wollte nur anbieten, dass Sie mich heftig und schnell an eine Wand gelehnt hier ficken."

Er hielt inne und warf ihr über die Schulter einen Blick zu. Seine Augen wanderten anerkennend über ihren Körper. Sie waren nicht kalt, aber sie waren auch nicht voller Abscheu, wie sie es eigentlich erwartet hatte.

„Ich ficke keine Klienten an irgendwelchen Wänden. Ich ficke sie nirgendwo." Seine Stimme wurde sanft. „Ich weiß, dass Sie leiden." Plötzlich ging der Schmerz in ihrem Herzen in Flammen auf. „Ich weiß, dass Sie Angst um Ihre Tochter haben. Aber es gibt andere Wege, mit diesen Gefühlen umzugehen."

„Ich will auf keine andere Weise mit meinen Gefühlen umgehen", zischte sie.

Reilly atmete langsam aus, und kleine Fältchen spielten

um seine Augen. „Allerdings. Ich habe Ihre selbstzerstörerische Ansage laut und deutlich vernommen."

Jane zuckte zusammen und wandte den Blick ab, als eine Woge der Scham über sie hinweg rollte. Jemanden dazu zu bringen, sie zu mögen, war so viel schwerer, wie sie dank zu vieler persönlicher Erfahrungen wusste.

„Sie sind gerade nicht in der besten Verfassung, um wichtige Entscheidungen zu treffen, wie etwa die, mit wem Sie Sex haben sollten, Ms. Sanders. Und ich kann es mir nicht leisten, von einer wunderschönen Frau abgelenkt zu werden."

Wunderschön? Ihre Augen schnellten zu ihm hin, und ihr Mund klappte überrascht auf. Sie hatte sich seit Jahren nicht mehr für wunderschön gehalten. Sie fühlte sich hässlich, beschädigt, verdorben. Allein schon die Tatsache, wie sie diesen Mann behandelte, der so nett war, ihr an einem heißen Tag ein Glas Wasser zu bringen? Und all das nur, weil sie das Gefühl hatte, ihr Innerstes würde langsam durch einen Fleischwolf gedreht werden. Das hatte er nicht verdient. Jack Reilly war ausnahmslos professionell und zuvorkommend gewesen.

Herrgott, sie war erbärmlich.

Sie war nicht immer ein solches Miststück gewesen. Es hatte Zeiten gegeben, in denen sie liebenswürdig gewesen war. Sie war sogar liebenswürdig gewesen, als sie regelmäßig von einem Mann grün und blau geprügelt worden war – einem Mann, von dem sie geglaubt hatte, er würde sie lieben. Erst nachdem er ihr das Kind gestohlen hatte, hatte sich die schwarze Fäulnis der Verbitterung in ihr ausgebreitet. Hatte Wurzeln geschlagen und alles Gute in ihr erstickt.

Sie hielt Reillys blauäugigem Blick stand und holte tief Luft. „Es tut mir leid. Das war beleidigend und unhöflich, Mr.

Reilly. So bin ich nicht wirklich." Sie schluckte. Zumindest wollte sie so nicht sein. „Es wird nicht wieder vorkommen."

Als sie das Verständnis in seinen Augen sah, wäre sie am liebsten in Tränen ausgebrochen. „Ich bin ein großer Junge, Jane. Ich komme schon zurecht." Er grinste, und sein ganzes Gesicht veränderte sich.

Sie musste lachen, weil er sich sowohl auf seine Reife als auch auf die Größe seiner Erektion bezogen und jeden weiteren Kommentar unnötig gemacht hatte. Ein Mann, der selbstsicher war und sich in seiner eigenen Haut wohlfühlte.

„Sie haben mich nicht beleidigt. Nur einem unausgelasteten Teil meiner Anatomie Hoffnungen gemacht", sagte er.

Das bezweifelte sie ernsthaft. Sie räusperte sich. „Danke, Mr. Reilly. Ich verspreche, dass ich Sie nie wieder unangemessen anfassen werde." Danke, dass Sie nicht ausgenutzt haben, was ich so eindeutig angeboten habe. Danke, dass Sie mich abgelenkt haben. Danke, dass Sie mich nicht hassen, auch wenn ich es darauf angelegt hatte.

„Nennen Sie mich Reilly. Oder Jack. Mr. Reilly ist mein Vater."

„Ist das nicht ein wenig zu vertraut für einen Personenschützer und seine Klientin?", zog sie ihn vorsichtig auf.

Sorgfältig zupfte er den Schritt seiner Hose zurecht. „Ungefähr so vertraut, wie ich in diesem Job je werde", gab er zu. „Mit Ausnahme dieser Sache vor ein paar Minuten." Er schaute hinauf zur grellen Sonne. „Bleiben Sie nicht zu lange hier draußen. Sie holen sich noch einen Sonnenbrand."

Jane hob das Kinn, und er warf ihr noch einen letzten, langen Blick zu, bevor er im Haus verschwand.

Es war Jahre her, seit sich jemand um etwas so simples

Gedanken gemacht hatte, wie darüber, ob sie einen Sonnenbrand bekam oder nicht. Sie blickte in den wolkenlosen blauen Himmel. Sie war ihn wie geplant losgeworden, aber es fühlte sich nicht so gut an, wie sie erwartet hatte.

Sie hatte seine Freundlichkeit nicht verdient, aber er hatte sie ihr dennoch zuteilwerden lassen. Jane schluckte den unangenehmen Kloß hinunter, der sich in ihrem Hals ausbreitete. Auch wenn sie ihre Tochter nie wiedersah, würde sie anfangen, die Mutter zu sein, die ihr Kind verdient hatte, ein Mensch, auf den ein Kind stolz sein konnte. Freundlich. Tapfer. Mitfühlend.

Ihr Ex würde sie nicht zerstören. Ganz egal, was passierte, er würde sie niemals zerstören.

FÜNFTES KAPITEL

A LS ALEX IN das Château zurückkam, war es schon dunkel, und Jane wartete in der Lounge auf ihn.

Sie stand auf, als er zur Tür hereinkam. „Was ist passiert? Hast du sie gesehen?"

Alex ging weiter auf sie zu, und sie begann, vor ihm zurückzuweichen, bis sie an die Zimmerwand stieß. Sie schloss die Augen, rechnete offensichtlich mit einem Faustschlag.

Als er die Wahrheit hinter Janes Kälte erkannte, wurde Alex ruhig.

„Jane", sagte er leise, sanft.

Ihr Gesicht verzog sich, als ob ihr klar wurde, dass sie gerade ihr Geheimnis verraten hatte.

Bei dem Gedanken, dass jemand diese Frau misshandelt hatte, zerbrach etwas in ihm. Ihr eiskaltes Auftreten war nicht etwa Arroganz, wie er es immer vermutet hatte. Es war ein Weg, die Welt von sich fernzuhalten. Um ihren Schmerz zu verstecken und ihren Körper zu schützen.

„Tut mir leid." Sie atmete tief und abgehackt ein, dann flüsterte sie: „Meistens kann ich so tun, als ob es nie passiert wäre." Sie verschränkte die Arme vor der Brust und blickte ihn an. „Du hast mir schon immer eine Heidenangst gemacht. Ich schätze, du hast das alles wieder hochgeholt."

Jetzt war er es, der zusammenzuckte. Er wusste, dass sie ihn für ein Monster hielt. Deswegen hatte sie ihn überhaupt nur um Hilfe gebeten.

„In was für Geschäfte ist Masook verwickelt?", fragte Alex.

Verwirrung trat in ihre blauen Augen, und sie runzelte die Stirn. Sie war so zerbrechlich und riss sich so sehr zusammen. Es überraschte ihn, dass sie nicht vor seinen Augen zerbrach. Aber immerhin wich sie seinem Blick nicht aus, was schon mal ein Fortschritt war.

„Als ich ihn kennengelernt habe, hat er mir erzählt, seine Familie wäre im Baugeschäft." Sie presste die Lippen zusammen. „Ich habe nie erlebt, dass er tatsächlich gearbeitet hätte."

„Einer dieser müßigen Reichen?", grübelte Alex. Aber er glaubte nicht, dass Masook müßig war. Er wollte wetten, dass der Kerl nur verdammt verschwiegen war, was seine Geschäfte betraf, die sowohl lukrativ als auch höchst illegal waren.

Jane trat einen Schritt zurück, nahm eine Flasche Wein und goss sich ein großes Glas ein. Sie hielt die Flasche hoch. „Möchtest du auch einen Schluck?"

Alex schüttelte den Kopf. „Erzähl mir von ihm. Wie hast du ihn kennengelernt?"

„In Florida, bei irgendeiner Wohltätigkeitsveranstaltung." Sie trank einen großen Schluck, dann stellte sie ihr Glas auf dem Couchtisch ab. Abrupt ließ sie sich auf das Sofa fallen. Das Weinglas beschlug, und sie fuhr mit ihrem Finger den Stiel entlang. „Ich will nicht lügen. Dass er reich war, war einer der Gründe, weshalb ich ihn anfangs so attraktiv fand. Es ist also meine eigene Schuld. Wie heißt es so schön … Leute, die des Geldes wegen heiraten, müssen sich jeden Pfennig verdienen?"

Sie lachte zynisch auf, und Alex spürte, wie sein Mund trocken wurde. Er hatte keine Ahnung vom ganzen Ausmaß ihres Leidens gehabt.

„Ich komme aus einer Familie, die tief mit den Südstaaten verwurzelt ist. Wir wussten, wie man Geld ausgibt, wir wussten nur nie, wie man es verdient." Etwas in ihren Augen veränderte sich. „Zuerst war Ahmed liebevoll und aufmerksam und hat mir ständig Diamanten geschenkt. Ich dachte, ich hätte den Jackpot geknackt. Ich habe mich verliebt. Wir haben geheiratet, und ich wurde sofort schwanger, was wir beide so nicht geplant hatten." Ihre Lippen zitterten. „Dann kam Taylor auf die Welt, und ich habe mich heillos in dieses kleine Mädchen verliebt. Meine Mutter und ich standen uns nie wirklich nahe, also kam das eher unerwartet für mich." Sie wischte sich unter den Augen über das Gesicht, tat so, als würde sie nicht weinen. „Warte nur, bis dein eigenes Kind auf der Welt ist."

„Ich kann es mir vorstellen." Die Liebe, die er für sein und Mallorys ungeborenes Kind empfand, war nur mit seiner Liebe für Mallory zu vergleichen.

Sie schüttelte den Kopf. „Nein. Du *glaubst*, du könntest es dir vorstellen. Du hast eine Vorstellung davon, aber das ist nur die Spitze des Eisberges, verglichen mit dem, was noch kommt. Wenn du dein Baby im Arm hältst, wenn du den Duft seiner Haut einatmest und in seine vertrauensvollen Augen schaust. Es lächelt dich an, und es ist, als ob sich ein neues Universum auftun würde." Ihre Blicke trafen sich. Ihre Augen waren voller Trauer. Qual. „Dieses kleine Ding hat dich vollkommen in seiner Hand."

Er war sich nicht sicher, ob er noch mehr empfinden konnte, als er ohnehin schon für die Frau, die er liebte, und das Baby, das sie in sich trug, empfand.

„Ahmed hat es nicht gefallen, dass ich mehr Zeit mit Taylor als mit ihm verbracht habe. Er war eifersüchtig auf seine eigene Tochter." Sie nahm das Weinglas in ihre zitternde Hand und trank einen weiteren großen Schluck. Es war eine gefährliche Art, die Realität zum Schweigen zu bringen, aber es gab weiß Gott noch schlimmere Methoden. „Deshalb hat er sie entführt, als ich ihn verlassen habe. Weil er wusste, dass mir das am meisten wehtun würde."

Alex verbannte das Mitleid aus seinem Herzen. Mitleid war nicht das, was sie von ihm wollte. „Komm mit. Ich will dir ein Foto von einem Mann zeigen." Er ging in sein Zimmer, und sie kam zögerlich hinterher, während er seinen Koffer öffnete. Er holte seinen Laptop heraus und fuhr ihn hoch.

Alex durchsuchte das Internet nach einem Bild von Vladimir Ranich, auf dem keine weiteren Details zu erkennen waren. Das war nicht einfach zu finden, aber Alex wusste, wo er suchen musste.

Er drehte den Bildschirm zu Jane. „Hat Masook jemals mit diesem Mann Geschäfte gemacht?"

Sie hatte die Arme vor der Brust verschränkt und beugte sich ungelenk vor, anstatt näherzukommen. Ihr Mund wollte schon ein „nein" formen, bevor sie sich das Bild überhaupt angesehen hatte.

„Oh. Ja. Ich erinnere mich, wie er einmal in Ahmeds Haus in Saudi-Arabien war." Sie schüttelte den Kopf. „Ich habe ihn nie wirklich getroffen, und ich weiß nicht, ob er geschäftlich dort war oder zum Vergnügen. Ich bin Taylor gerade durch das Foyer hinterhergejagt, als er ankam." Ihr Blick schweifte ab, als sie sich in den Erinnerungen verlor. „Wir wurden einander nicht vorgestellt. Das war kurz, bevor Ahmed mich mit Taylor nach Amerika fliegen ließ, damit ich meine Eltern besuchen konnte. Ich hatte genug damit zu tun, vorzugeben, in ihn verliebt zu sein, obwohl er mich mindestens einmal im

Monat bewusstlos geprügelt hat." Sie berührte ihre Rippen, als ob sich dort noch immer ein Phantomschmerz regen würde. Alex kannte das. Phantomsymptome aus Zeiten, die er lieber vergessen würde.

„Taylor war damals zwei Jahre alt. Ich wusste, dass ich ihm weismachen musste, ich würde ihn nie verlassen. Ich habe ihm erzählt, ich würde nicht zurück in die Staaten wollen, dass ich bei ihm bleiben wollte. Er hat mir eine Ohrfeige verpasst und die Angestellten angewiesen, meine Sachen zu packen." Sie warf ihm ein kühles, brüchiges, triumphierendes Lächeln zu, das sich augenblicklich in Verzweiflung verwandelte. „Er hat seine Rache bekommen, als er mir Taylor weggenommen und die Flucht ergriffen hat." Sie schlang die Arme um ihren Brustkorb. „Das einzig Positive an der Sache war, dass ich ihm entkommen bin. Er hätte mich irgendwann umgebracht, wenn ich geblieben wäre. Er würde mich auch jetzt noch umbringen, wenn er mich in die Finger bekommt."

Nicht, solange Alex es verhindern konnte.

Masook war nicht auf dem Radar der CIA aufgetaucht. Vielleicht hatte sich das geändert, seit Alex die Agency verlassen hatte. Vielleicht war Masook der wahre Grund dafür, weshalb das Gateway Project es überhaupt erst auf Jane Sanders abgesehen hatte.

„Wenn ich es mir jetzt so anschaue, dann hat er die Reise damals überraschend schnell für mich organisiert und scheinbar nie damit gerechnet, dass ich vor einem liebevollen Ehemann flüchten würde." Ihre Augen wurden kalt. „Wer ist der Kerl auf dem Foto, und warum fragst du nach ihm? Hat er mit Ahmed zu tun? Hast du Taylor gesehen? Geht es ihr gut?" Die Worte sprudelten nur so aus ihr hervor, als die Panik sie zu überfallen drohte.

„Ich habe Taylor gesehen."

Jane verstummte, ihre Augen wurden riesig. Sie ballten die Hände zu Fäusten, dann öffneten sie sich wieder. „Wie sah sie aus? Sah sie fröhlich aus? Wie groß ist sie?"

Alex presste die Lippen zusammen und deutete die ungefähre Größe des Mädchens an. Janes Gesicht verzog sich vor Schmerzen über die verpassten Jahre, die diese Körpergröße widerspiegelte.

„Ihr Vater hat mit ihr geschimpft, weil sie heimlich von Bord geschlichen war und ohne Erlaubnis mit den einheimischen Kindern gespielt hatte."

Jane wurde kreidebleich. „Hat er sie geschlagen?"

Alex schüttelte den Kopf. „Ich habe nicht mitbekommen, dass er die Hand gegen sie erhoben hätte. Ich habe gesehen, wie er sie geschüttelt hat. Ich kann nicht sagen, was passiert ist, nachdem sie unter Deck gegangen sind."

Janes Augen schnellten durch den Raum, ohne etwas wahrzunehmen. „Ich habe nie mitbekommen, dass er jemand anderen geschlagen hätte. Nur mich. Das war die Hoffnung, an die ich mich geklammert habe, seit er sie mitgenommen hat." Für einen Augenblick starrte sie in die Ferne, dann schienen ihre Gedanken zu Alex zurückschnellen, und sie deute auf das Foto von Vladimir Ranich auf dem Laptop. „Wer ist dieser Mann? Was hat er mit Ahmed zu schaffen?", fragte sie noch einmal.

Alex' Mund wurde schmal. „Das weiß ich noch nicht."

Sie musterte ihn, als ob sie wusste, dass er log. „Wie hoch waren die Sicherheitsvorkehrungen?"

„Minimal."

„Gehst du heute Abend noch einmal hin?" Sie schaute ihn so hoffnungsvoll an, dass Alex sie am liebsten angelogen hätte.

„Nein. Heute nicht. Ich muss noch etwas mehr Aufklärungsarbeit leisten. Und zuallererst muss ich schlafen." Er musste mit Frazer sprechen.

Jane blinzelte und schien zu bemerken, dass sie in seinem Schlafzimmer stand. Sie wich zurück. „Tut mir leid. Ich lasse dich allein."

All die Jahre, die sie zusammengearbeitet hatten, und sie hatten sich niemals wirklich gegenseitig vertraut. Sie waren beide in einer Arbeit gefangen gewesen, die sie gehasst hatten, und hatten beide ihren Schmerz tief in sich vergraben. Er war nicht länger dieser Mann. Er wollte nicht mehr länger Abneigung gegen sie empfinden.

„Warum hast du es getan? Für das Gateway Project zu arbeiten?", fragte er leise, damit Reilly nicht versehentlich mithören konnte.

Sie schauderte und flüsterte ebenfalls. „Weil sie mir gesagt haben, sie würden sie nach Hause bringen. Taylor. Sie haben gesagt, wenn ich mich ihnen für drei Jahre verpflichte, würden sie dafür sorgen, dass Taylor nach Hause kommt und Ahmed mich nicht findet. Niemals. Ich war nur noch drei Monate davon entfernt, als …"

Als ihnen alles um die Ohren geflogen war.

„Es gab keine Garantie, dass sie ihr Versprechen eingehalten hätten", erklärte Alex sanft. „Das weißt du doch, oder?"

Sie nickte langsam. „Ja. Aber ein wenig Hoffnung war immer noch besser als gar keine."

Es gab immer Hoffnung. Immer. Selbst wenn die Dinge schrecklich düster aussahen. Er lächelte sie an. „Wir holen sie zurück."

Jane schluckte schwer, als ob sie ein Schluchzen unterdrückte, und ging steif davon.

Reilly erschien in seiner Zimmertür.

„Irgendwelche Probleme heute?", fragte Alex.

Reilly schüttelte den Kopf. „Wirst du das Kind wirklich zurückholen?"

„Ich werde es versuchen. Sieh einfach zu, dass Jane beschäftigt ist, okay? Es wird nicht so unkompliziert werden, wie ich gehofft hatte. Es sind ein paar unvorhergesehene Dinge aufgetreten."

Reilly zog eine Augenbraue hoch. „Dinge?"

„Individuen. Gefährliche Individuen."

„Ist das Kind in Gefahr?", fragte Reilly leise.

„Ich denke nicht. Aber ich kann nicht zulassen, dass Jane sich in die Sache einmischt. Sie ist unberechenbar. Behalte sie unter Kontrolle, und wenn du sie ans Bett fesseln musst."

Etwas flackerte über Reillys Gesicht, dann war es verschwunden. „Roger. Ich passe auf, dass sie keinen Ärger macht."

Alex hoffte nur, dass auch er das schaffen würde.

SECHSTES KAPITEL

„WO ZUR HÖLLE bist Du?", fragte Frazer gereizt.

„Du meinst, an einem entspannten Samstagvormittag?", antwortete Alex lässig. In Frankreich war es natürlich schon Abend. Er hatte eine Entscheidung getroffen und brauchte Frazers Hilfe. Wenn Jane das herausbekam, würde sie ihm die Eingeweide herausreißen, und er war sich nicht einmal sicher, ob er ihr deswegen einen Vorwurf machen konnte.

Das hörbare Gegenstück eines Augenrollens drang durch die Leitung. „Ich wollte für heute Abend ein paar Drinks organisieren. Dachte, das wäre Teil meiner Aufgaben als Trauzeuge."

Alex lachte. „Willst du mich betrunken machen?"

„Sei doch nicht albern", zog Frazer ihn auf. „Aber es gibt in der Akademie eine Bar."

Alex und Frazer hatten beide zu viele Feinde und zu viele Schwierigkeiten damit, zu vertrauen, als dass sie sich in irgendeiner Bar einfach so besaufen würden. Außer vielleicht in der Bar der FBI-Akademie. Nur, dass sich auch dort keiner von beiden je betrinken würde.

„Keine Stripperinnen?" In Wahrheit hatte Alex bis zu diesem Moment keinen Gedanken an einen Junggesellenabschied verschwendet. Das kam ihm für einen Mann wie ihn zu normal vor.

Frazer grunzte. „Rooney würde mich umbringen. Genau wie Izzy."

„Und wie ich." Stripperinnen waren nicht besonders reizvoll, wenn man in eine intelligente, wunderschöne Frau verliebt war. „Ich hätte einen Wochenendtrip auf Haleys private Insel organisieren sollen", sagte Alex. Die Männer, die Patrick Killion und Audrey Lockhart dort angegriffen hatten, waren vor Monaten von der Insel geholt und in ihr Land überführt worden. Haley wusste noch immer nicht hundertprozentig, was genau vorgefallen war, aber sie hatte sich zumindest nach den Einschusslöchern in der Eingangstür erkundigt. Alex war heilfroh, dass die Kerle nie bis in das Haupthaus vorgedrungen waren. Haley hätte ihn an den Eiern aufgeknüpft, wenn es beschädigt worden wäre.

„Ich hatte keine Stripperinnen eingeplant, aber ich habe ein paar der Jungs gesagt, dass wir uns heute Abend auf ein Bier und Steaks bei dir treffen. Wann kannst du zu Hause sein?"

Alex zögerte. „Es ist was dazwischengekommen."

Er konnte den Augenblick spüren, in dem sich Frazers Konzentration zuspitzte. „Wie meinst du das?"

„Bist du an deinem Laptop?"

„Ich sitze mit einem Bier an meinem Schreibtisch. Izzy hat darauf bestanden, einen Brunch zu machen, bevor sie auf die Outer Banks fliegt, um den Verkauf ihres Hauses abzuschließen. Kit begleitet sie, und dann fahren sie mit Kits Auto zurück – allein." Missbilligung färbte Frazers Stimme.

Alex verstand es. Es war die Verärgerung darüber, die Menschen, die sie liebten, nicht in Watte packen zu können. Unwillen darüber, die Welt nicht ihrem Willen unterwerfen zu können.

„Izzy und Kit können gut auf sich selbst aufpassen. Sie werden schon zurechtkommen." Frazers Freundin war Captain in der Army gewesen und trug für gewöhnlich eine Glock. Alex mochte sie. Sie war reserviert. Alex auch. Menschen mit Geheimnissen waren das in der Regel. Sie und Lincoln Frazer waren wie füreinander gemacht.

„Ich weiß, dass sie zurechtkommen werden. Heißt aber nicht, dass ich nicht an all die schlimmen Dinge denke, die ihnen zustoßen könnten." Frazer klang mehr als angepisst, und Alex musste grinsen. Der Kerl hatte sein Mitgefühl. Wirklich. Leider konnten sie nicht einfach Regeln aufstellen, wenn es um die Frauen ging, die sie liebten.

„Was ist los?", fragte Frazer mit einem Seufzen.

„Ich schicke dir zwei Fotos." Alex drückte auf Senden und sprach weiter. „Der eine Kerl heißt Vladimir Ranich. Der zweite ist Ahmed Masook."

„Jane Sanders' Ex."

„Ja."

Es ergab Sinn, dass Frazer Jane überprüft hatte. Er hatte jeden überprüft, der in irgendeiner Verbindung mit dem Gateway Project gestanden hatte.

„Alex", ließ Frazer schließlich verlauten. „Woher hast du diese Fotos?"

Zeit, zu gestehen. „Ich habe sie heute Nachmittag in Antibes aufgenommen."

Er konnte ein langes, gequältes Seufzen vernehmen. „Ich weiß, dass du nicht arbeitest – also was ist los?"

Alex stieß den Atem aus, von dem ihm nicht bewusst gewesen war, dass er ihn angehalten hatte. Als Frazer „arbeiten" sagte, sprach er nicht von Cybersicherheit. „Wenn ich arbeiten würde, würde ich es dir nicht verraten, das ist dir klar, oder?"

Frazer lachte. „Ich kenne dich besser als das, Alex. Du hast mich nicht ohne Grund zu deinem Trauzeugen gemacht."

Es war demütigend zu erkennen, dass Frazer ihm vertraute, obwohl Alex mehr Menschen umgebracht hatte als die meisten Serienmörder. Der Tod war oftmals die effektivste Lösung für ein ernstes Problem, aber Alex konnte das nicht länger tun. Er konnte nicht länger ein Urteil fällen und andere für ihre Vergehen bestrafen. Nicht, wenn er nicht dazu gezwungen wurde.

„Du weißt schon, dass du nächstes Wochenende heiratest, oder?", fragte Frazer verschmitzt. „Also spuck's aus und erzähl mir, was los ist."

Alex warf einen Blick in Richtung Tür. Jane und Reilly schliefen beide. Er hatte ein einfaches Alarmsystem installiert, das ihn auf Eindringlinge aufmerksam machen würde, sowie auf jeden, der das Grundstück verlassen wollte. Er traute Janes Fähigkeiten, sich zurückzuhalten und ihr Kind nicht selbst aufzuspüren, nicht. Das Château hatte er nach Abhörvorrichtungen abgesucht. Zweimal.

„Jane hat herausgefunden, dass Masook in Antibes ist und dass er die gemeinsame Tochter mitgebracht hat."

„Na, dann lass Interpol den Haftbefehl ausführen", sagte Frazer vernünftigerweise.

„Jane glaubt, er hat genug örtliche Polizisten bestochen, um frühzeitig gewarnt zu werden und fliehen zu können. Wenn das passiert, sieht sie ihre Tochter nie wieder."

Frazer schnaubte. „Also hat sie dich um Hilfe gebeten?"

„Ich habe abgelehnt."

„Und doch bist du dort."

„Sie wollte es selbst in die Hand nehmen, nachdem ich sie

abgewiesen hatte." Alex stieß frustriert den Atem aus und fuhr sich mit den Fingern durch die kurzen Haare. „Sie hat sich an die Regeln gehalten, Linc. Sie hatte sich vor Gericht auf einen Vergleich eingelassen und hat Masook erlaubt, sein Kind zu sehen, auch wenn sie es gehasst haben muss, dieses Risiko einzugehen. Und er hat sie verarscht. Hat dem Rechtssystem den Stinkefinger gezeigt, weil er ein reiches Arschloch ist und glaubt, die Regeln würden für ihn nicht gelten." Seine Stimme bebte vor Zorn.

„Und du bist ein so großer Fan von Regeln, oder wie? Was noch?"

„Er hat sie geschlagen."

Stille am anderen Ende der Leitung. Gewalt war in ihren Kreisen nichts Ungewöhnliches, aber ein Mann, der seine Frau schlug, war besonders armselig.

„Erzähl mir von dem anderen Kerl. Ranich", sagte Frazer.

„Als ich noch für die CIA gearbeitet habe, hat er Waffen aus alten sowjetischen Militäranlagen an den Schwarzmarkt geliefert. Ich habe Jane ein Foto von ihm gezeigt, und sie hat gesagt, sie hätte Ranich schon einmal in Masooks Haus in Saudi-Arabien gesehen, dass sie aber nichts über ihn weiß und ihm nicht vorgestellt wurde."

„Glaubst du ihr?"

„Ja, das tue ich."

„Du glaubst also, Vladimir Ranich verkauft Waffen an Ahmed Masook?"

„Nicht zwangsläufig. Aber ich bin mir sicher, dass Masooks legale Geschäfte nicht genug Geld einbringen, um ihm seinen Lebenswandel zu finanzieren. Und es scheint mir ein verdammt großer Zufall zu sein, dass sie ausgerechnet beide zur selben Zeit am selben Ort sind."

Frazer stöhnte auf. Er wusste, dass das eine zu große Sache war, als dass sie ignoriert werden konnte.

„Ranich könnte auch etwas für die Russen kaufen wollen." Alex dachte über die Frau nach, die ihn in dem Café beobachtet hatte. Womöglich war sie nur an seinem guten Aussehen interessiert gewesen, aber sein sechster Sinn hatte dafür viel zu wild ausgeschlagen. „Ich glaube, die Agency könnte involviert sein. Und wenn nicht Five Eyes oder der Mossad, dann möglicherweise Frankreich oder Deutschland."

„Ach, zur Hölle." Frazers Reaktion beruhigte ihn überhaupt nicht.

„Wenn ich da reinplatze und mir das Kind schnappe, dann vermassele ich womöglich einen Einsatz. Und wenn unser Nachrichtendienst nicht involviert ist, oder die Behörden unserer Alliierten…"

„Sollten sie es aber sein. Aber sie zu involvieren, würde wiederum deine Chancen, das Kind da rauszuholen, ruinieren." Frazer fluchte. „Warum musst du die Dinge immer so verdammt kompliziert machen?"

„Es ist eine Gabe. Ich gehe zum Hafen zurück und sehe zu, was ich herausfinden kann, aber wenn du in ein paar Tagen nichts von mir gehört hast…"

„Oh, nein. Nein. Du hast mich angerufen. Jetzt machen wir das so, wie ich es sage", erklärte Frazer ihm.

„Nur, wenn du garantieren kannst, dass wir das Kind unbeschadet da rausholen, und ich rechtzeitig nach Hause komme, um die Frau meiner Träume zu heiraten."

Sie wussten beide, dass es in einer solchen Situation keine Garantien gab. Frazer fluchte. Für gewöhnlich ließ er sich nicht so schnell aus der Ruhe bringen, aber Trauzeuge zu sein hatte ihn ganz offensichtlich aus dem Gleichgewicht gebracht.

Alex hörte, wie er mit jemandem sprach, bevor er wieder in der Leitung war. „Unternimm nichts, bis du wieder von mir gehört hast, verstanden? Ich habe ein paar Kontakte, die ich nutzen kann, aber wenn dort tatsächlich ein illegaler Waffenhandel vonstattengehen sollte, dann müssen wir darüber Bescheid wissen."

„Deshalb habe ich dich ja angerufen." Und dafür würde Jane Sanders, sollte sie das je herausfinden, Alex den Kopf abreißen.

SIEBTES KAPITEL

AM MONTAGMORGEN SAß Alex wieder im selben Café, las eine weitere Ausgabe der *Zeit*, trank einen weiteren Cappuccino und verlor langsam den Verstand. Er trug ein blassblaues Leinenhemd, cremefarbene Leinenhosen, einen weißen Sonnenhut und eine dunkle Sonnenbrille. Er vermisste seine Jeans. Und seine Kampfstiefel. Aber am meisten vermisste er Mallory.

Die gute Nachricht war, dass er in seiner besten Schönschreibschrift hundert weiße, handgefertigte Platzkärtchen beschrieben hatte. Die schlechte Nachricht war, dass noch hundert weitere fehlten. Er hatte jeden einzelnen Hochzeitsgast überprüft. Einigen der Gäste würde er nicht einmal so weit trauen, seine Zimmerpflanzen zu gießen. Aber sie waren Freunde der Senatorin oder des Richters und scheinbar hatte der Bräutigam in solchen Fällen nichts mehr zu melden. Er hatte eine andere Firma beauftragt, sich um die Sicherheitsvorkehrungen zu kümmern, als zusätzliche Vorsichtsmaßnahme. Er rechnete nicht mit Ärger, aber er würde es auch nicht darauf ankommen lassen.

Auf Frazers Seite herrschte komplette Funkstille, was diesem nicht besonders ähnlich sah. Alex musste sich entscheiden, ob er sein ursprüngliches Ziel verfolgen und sich das Kind schnappen wollte, oder ob er dieser neuen Perspektive nachging. Einem Waffenhändler das Geschäft zu vermasseln, war nicht länger sein Job, aber Terrorismus zu bekämpfen ging jeden etwas an. Niemand konnte einfach dabei zuschauen.

Jane wurde unruhig. Reilly hatte alle Hände voll zu tun damit, sie zu beschäftigen und in Schach zu halten.

Die letzten Tage hatte Alex damit verbracht, Informationen zu sammeln. Er hatte die Fotos, die er während seiner Spaziergänge durch die Straßen und die Bars von Antibes gemacht hatte, durch Gesichtserkennungsprogramme gejagt, die ein paar potenzielle böse Buben ausgespuckt hatten.

Aber es waren die Leute, die nicht auf dem Radar der Geheimdienste auftauchten, die ihm am meisten Sorgen machten – das waren die Leute, die sie identifizieren und eliminieren mussten.

Sein Handy klingelte und er ging mit einem innerlichen Grinsen ran. Mallory. Sie war noch spät wach. Er fragte sich, wie gut ihr Deutsch war. „Hallo.“

„Hey. Kannst du sprechen? Wie läuft es?“

„*Es geht mir gut*“, antwortete er auf Deutsch.

Zwei Sekunden verwirrter Stille. „Ich dachte, du bist in Frankreich.“

„*Richtig.*“

Sie stöhnte auf. „Ich spreche kein Deutsch. Ich schreibe dir.“

„*Gute Idee. Auf Wiederhören, Fräulein.*“

„Ich liebe dich.“

Die besten Worte in jeder Sprache. Alex widerstand dem Bedürfnis, es ihr auch zu sagen. Er musste eine Rolle spielen, und diese Rolle war die eines glücklich verheirateten Mannes. Mit einem Auge beobachtete er den Kai, mit dem anderen schaute er auf den Bildschirm seines Handys und schrieb an

Mallory, die in seinen Kontakten als MR geführt war, mit dem Bild einer anderen Frau. Die Kommunikation war verschlüsselt, aber es war immer möglich, dass, wenn jemand Alex schnappen sollte, er schließlich dazu gezwungen werden konnte, sein Handy einzuschalten. Jeder konnte durch Folter gebrochen werden. Der Schlüssel war, auf Zeit zu spielen, damit angemessene Gegenmaßnahmen eingeleitet werden konnten, um einen potenziellen Schaden zu minimieren. Frazer würde sich um Mallory kümmern, wenn ihm etwas zustoßen sollte. Daran hatte Alex keinen Zweifel.

Nicht, dass er vorhatte, erwischt zu werden.

Alex: *Warum bist du so spät noch wach?*

MR: *Konnte nicht schlafen. Junior tritt mich.*

Alex: *Ist alles in Ordnung?*

MR: *Alles ist *bestens**

Nach dem Schrecken am Silvesterabend, als Mallory glaubte, eine Fehlgeburt zu erleiden, nahm Alex ihre Gesundheit nicht mehr als selbstverständlich hin. Aber er weigerte sich, sich da hineinzusteigern. Selbst wenn er sich doch hineinsteigerte, weigerte er sich, sich hineinzusteigern. Es war ein fortlaufender Prozess.

Alex: *Wie war dein letztes Wochenende als freie Frau?*

MR: *Wie war dein letztes Wochenende als freier Mann?*

Alex: *War Mist, weil du nicht hier warst.*

MR: *Ooooh…*

Alex: *Hat Haley deine Freundinnen betrunken gemacht?*

MR: *Ha! Du hast keine Ahnung, wie viel Jurastudentinnen aus Harvard trinken können.*

Alex: *Willst du damit sagen, dass sie mehr als Haley getrunken haben?*

MR: *Nein, aber meine Mutter schon. Ich musste mir vom Stripper dabei helfen lassen, Haley ins Bett zu bringen.*

Alex: *Moment.*

Alex: *Was?*

Alex: *Stripper???*

MR: *Tatsächlich sogar drei Stripper, aber nur einer hat mir mit Haley geholfen.*

Alex: *Du hattest drei Stripper auf deinem Junggesellinnenabschied? In einem Wellness-Spa? Und du warst mit einem von ihnen in einem Schlafzimmer?*

MR: *Sie sind nicht bis zum äußersten gegangen, keine Sorge, obwohl meine Mutter ihnen tausend Dollar Trinkgeld versprochen hat, wenn sie es tun würden.*

Alex: *Aber…*

MR: *War nicht meine Idee!!!*

Alex blinzelte belämmert auf sein Handy.

Alex: *Deine Mutter macht mir Angst. Gott sei Dank haben sie ihre Unterhosen angelassen. Wäre ein ziemlicher Hickhack gewesen, sie alle umbringen zu müssen…*

MR: *Wer hat denn gesagt, dass sie die Unterhosen anbehalten haben? ;-)*

Alex lachte. Er vergaß nie, wie glücklich er sich schätzen konnte, diese Frau gefunden zu haben und zu wissen, dass sie ihm vertraute. Es machte ihn demütig.

MR: *Ich muss Schluss machen. Ich liebe dich. Pass auf dich auf. Und komm bloß nicht zu spät!*

Alex: *Ich werde da sein. Ich muss nur eben schnell ein paar Stripperinnen für meinen Stehgreif-Junggesellenabschied heute Abend suchen…*

MR: *Du bist nicht der einzige hier mit einer Waffe, Kumpel.*

Alex: *:-)*

Die Tatsache, dass er gerade hier saß und seiner schwangeren Verlobten Smileys schickte, entging ihm nicht. Sein Leben hatte sich von Verdammnis und Trübsal in etwas verwandelt, das beinahe zu gut war, um wahr zu sein. Er hatte nicht vor, das zu vermasseln.

Etwas Helles fiel ihm ins Auge. Die dunkelblonden Locken eines zierlichen Persönchens, das über den Kai eilte. Taylor Masook. Seine Finger krallten sich um seine Kaffeetasse. Das war die perfekte Gelegenheit, sie verschwinden zu lassen. Würde sie sich wehren? Würde er sie betäuben müssen? Kein Gedanke, der ihm gefiel. Aber er würde es hinbekommen.

Oder sollte er auf Frazer warten?

Er stand auf und das kleine Mädchen blickte in seine Richtung, winkte ihm wie wild zu.

Alex erstarrte. War er aufgeflogen? Von einer verfluchten Achtjährigen enttarnt worden?

„Josette!“, rief sie.

Alex drehte sich um und sah an einem Tisch an der Wand des Cafés die wunderschöne junge Frau sitzen, die er schon am Samstag beobachtet hatte. Er hatte nicht mitbekommen, wie sie aufgetaucht war, weil er zu sehr in die Unterhaltung mit Mallory vertieft gewesen war.

Verdammt. So kam man als Agent um.

Die Frau warf kurz einen Blick in seine Richtung, bevor

sich ihre Augen dem Kind zuwandten. Das war also Josette. Sie musste das Kindermädchen sein oder eine Privatlehrerin. Vielleicht war sie der Grund dafür, weshalb Masook das Kind mitgebracht hatte. Denn wenn das Kind in der Nähe war, war es die Nanny auch. Ein so unsicherer Mann wie Masook wollte diese Frau vermutlich immer in seiner Nähe wissen, wenn sie seine Geliebte war. Und wenn sie es nicht war, dann wäre diese Reise eine gute Gelegenheit, es darauf anzulegen.

Alex legte ein paar Euroscheine auf den Tisch und beschwerte sie mit der Tasse. Dann betrat er das Café, tat so, als ob er nach den Toiletten suchte. Am Tresen hielt er inne und bewunderte die Auswahl an Torten und Gebäck, während Josette aufstand und dem Mädchen entgegenging. Eilig schoss Alex durch das Schaufenster hindurch ein Foto von der Frau und dem Kind und schickte es an Frazer und sein Team in D.C.

Taylors lebhaftem Winken und ihrer aufgeregten Stimme nach zu urteilen, wollte ihr Daddy, dass Josette augenblicklich auf das Boot zurückkam. Was vermutlich hieß, dass er irgendwo hin musste und Taylor nicht dabeihaben wollte, sie aber auch nicht allein auf dem Boot bleiben sollte. Wenn es immer noch Alex' vorrangiges Ziel gewesen wäre, sich das Kind zu schnappen, dann wären die nächsten Stunden der ideale Zeitpunkt gewesen, dieses Ziel zu erreichen. Jane würde ihre Tochter zurückbekommen, und Alex wäre rechtzeitig zu seiner eigenen Hochzeit wieder zu Hause.

Er musterte das blauäugige, blonde Kind, während sie aufgeregt mit Josette sprach. Er konnte ihre Mutter in ihrer Haarfarbe und in ihrem Gesicht erkennen. Die schmale Nase hatte sie vom Vater.

Ahmed Masook hatte seine Rechte als Vater abgetreten,

als er gegen seine Frau die Fäuste erhoben hatte, und dann ein zweites Mal, als er die Auflagen eines US-Gerichts missachtet hatte. Wenn sich Alex' Bauchgefühl als richtig herausstellte, dann war er außerdem ein illegaler Waffenhändler, und das war so ziemlich der dreckigste Abschaum des Universums. Diesen Typen war es egal, wo ihre Waffen landeten. Sie kümmern sich einzig und allein um ihren persönlichen Reichtum. Ein Kind hatte im Umkreis von solcher Boshaftigkeit nichts verloren.

Zugegebenermaßen könnte der ein oder andere das auch von ihm behaupten.

Josette ging zurück an ihren Tisch und sammelte ihre Sachen zusammen, dann folgte sie Taylor von der Terrasse des Cafés den Kai entlang.

Es war ein wunderschöner Tag an der Mittelmeerküste. Alex folgte ihnen langsam, verlor sie irgendwo vor ihm in der Menschenmasse aus den Augen, machte sich aber keine Sorgen. Er wusste, wohin sie unterwegs waren. Er mischte sich unter die Touristen, die die Opulenz der Szenerie und der vornehmen Yachten bestaunten. Er atmete den scharfen Geruch des Meeres ein und genoss die Sonne auf seiner Haut. Trotzdem, er wäre lieber an einem kühlen Frühlingstag in Virginia oder D.C., mit Mal an seiner Seite.

Er warf einen Blick auf die *Fair Winds* und die *Akula*, mit einer Bewunderung, die er nicht wirklich empfand. Diese Leute erwarteten Gaffer und ignorierten sie vermutlich. Auf beiden Yachten befanden sich Helikopterlandeplätze, einschließlich der Maschinen, die im Sonnenlicht glänzten wie riesige, metallene Wespen.

Alex passierte einen Mann, der eine Zigarre rauchte und einen kobaltblauen Seidenanzug trug. Schlendernd spazierte er weiter, aber sein Herz machte einen kleinen Sprung.

Serat Al-Hadam war einer der Tophändler der Iraner.

Womit zu Hölle handelte Masook hier?

Die ehemalige Sowjetunion war voller nuklearer, chemischer und biologischer Waffenarsenale gewesen, als sie zusammengebrochen war, und mit dem stillschweigenden Einverständnis der russischen Regierung hatten sich Männer wie Ranich seither die Taschen damit gefüllt, diese Instrumente des Todes zu verscherbeln.

Die Mittagshitze knallte auf Alex herab, als er das Ende des Milliardärskais erreichte. Etwas braute sich zusammen. Etwas Großes. Ein internationaler Waffenhandel war zu groß, um ihn zu ignorieren. Aber das war sein Versprechen an Jane, ihre Tochter zurückzuholen, auch.

Jane versuchte, mit ihrem Leben weiterzumachen. Genauso wie er. Erinnerungen stürzten auf ihn ein. Nicht an die Männer, die er umgebracht hatte, sondern an Freunde und Patrioten, die im Dienst umgekommen waren, an unschuldige Zivilisten, die zwischen Warlords und Regierungen einen Spießrutenlauf absolviert und einfach nur versucht hatten, während diverser Machtergreifungen ein normales Leben zu führen.

Erst vor einem Monat hatten Rechtsextreme versucht, das Herz von Washington, D.C. durch internen Terrorismus in Schutt und Asche zu legen. Was würde passieren, wenn einer dieser Bastarde militärische Waffen oder gar eine Massenvernichtungswaffe in die Finger bekommen sollte?

Alex stand am Ende des Piers, rang mit den Möglichkeiten, die sich ihm jetzt boten, und versuchte zu entscheiden, was wichtiger war – ein unschuldiges Kind aus diesem Moloch zu befreien oder sicherzustellen, dass jeder, der in diesen

Waffenhandel involviert war, geschnappt und weggesperrt wurde.

Leider war ihm klar, dass die Antwort ein weiterer Schlag gegen Janes Hoffnungen sein würde.

Eine weitere monströse Yacht fuhr gerade in den Hafen ein. Sie hatte drei Stockwerke, und die Sonne brach sich so intensiv auf dem weißen Bug, dass Alex blinzelte und seine Augen abschirmen musste. Und dort, auf dem obersten Deck, stand ein Kerl, der genau wie Lincoln Frazer aussehen würde, wenn er nicht einen Dreitagebart und Badeshorts tragen würde. Das und die Tatsache, dass er wie ein verliebter Teenager mit einer Frau herumknutschte, die haargenau wie Ashley Chen aussah.

Alex wandte sich ab und starrte auf das dunkelblaue Mittelmeer.

Er lächelte.

Die Kavallerie war da.

ACHTES KAPITEL

FRAZER IGNORIERTE LUCAS Randalls zornige Blicke, während er in das Wohnzimmer auf der enormen, unfassbar luxuriösen Yacht des Milliardärs Robin Greenburg, der *Ascension*, ging. Er hielt immer noch Ashley Chens Hand, als ob er die volle Absicht hätte, sie jetzt ins Bett zu zerren und wilden, leidenschaftlichen Sex mit ihr zu haben. Sobald er sich sicher war, dass sie von außen niemand mehr sehen konnte, ließ er ihre Hand los und blickte Lucas mit hochgezogenen Brauen an.

Ashley posierte als seine Geliebte, und Lucas würde sich daran gewöhnen müssen, dass Frazer die nächsten Tage die Finger nicht von ihr ließ. Sie waren auf Ashleys technisches Genie angewiesen, und es war eine gute Tarnung, eine Frau im Bikini an Bord zu haben. Dummerweise wurden diese selten als Bedrohung wahrgenommen.

Lucas mimte ein Mitglied der Crew, ebenso wie Patrick Killion und ein paar seiner britischen Kumpels, die absolut vertrauenswürdig waren, wie Killion ihm versichert hatte. Diese Mission war eine inoffizielle gemeinschaftliche Operation von FBI und CIA, mit der vollen Kooperation von Interpol. Das einzige wirkliche Crewmitglied auf Greenburgs Yacht war der Kapitän, von dem Robin versichert hatte, dass er vertrauenswürdig und verschwiegen wäre.

Das sollte er besser auch sein.

Vor Jahren hatte Frazer Greenburgs Leben gerettet, indem er die damalige Frau des Mannes verhaftet hatte, die – ohne Greenburgs Wissen – schon drei frühere Ehemänner um die Ecke gebracht hatte, bevor sie ihre rasiermesserscharfen Klauen in, wie sie sicher dachte, die ultimative Goldmine geschlagen hatte. Zuerst hatte der Kerl ihm nicht glauben wollen und hatte gedroht, seine Karriere zu zerstören. Aber dann hatte Frazer Greenburg beim Verhör der Frau zuschauen lassen. Die Beweislage war erdrückend gewesen, und es hatte nicht lange gedauert, bis sie die Morde gestanden hatte, im Austausch dafür, der Todesstrafe zu entgehen. Dann hatte sie Frazer bis ins kleinste Detail erklärt, wie sie geplant hatte, Robin betrunken zu machen und ihn bei einer ihrer mondbeschienenen Kreuzfahrten über Bord zu stoßen.

Wer wollte da noch behaupten, Romantik sei tot?

Frazer nutzte die Dankbarkeit und die Medienkontakte des Mannes regelmäßig aus, um den FBI-Ermittlungen strategisch weiterzuhelfen.

Es war ironisch, dass der Milliardär ihn über die Jahre hinweg dutzende Male auf seine Yacht eingeladen hatte. Frazer hatte nie die Zeit oder das Interesse für einen derart verschwenderischen Urlaub gehabt. Aber jetzt brauchte er das Boot, um sich unter die anderen Paradebeispiele des obszönen Reichtums zu mischen.

Greenburg war auf irgendeinem Abenteuer im australischen Outback unterwegs, aber die Yacht hatte Gott sei Dank im Hafen von Monaco geankert. Sie war die perfekte Tarnung für den Milliardärskai und erlaubte ihnen, alle notwendige Ausrüstung mitzubringen, ebenso wie die Waffen, die sie womöglich brauchten – glücklicherweise von der CIA bereitgestellt, die ganz scharf darauf gewesen war, sich auf diesen unerwarteten, aber soliden Tipp zu stürzen.

„Matt und Scarlett sind auf Position", sagte Lucas und starrte aus dem Fenster auf einen der kleineren Kais.

Frazer suchte sie durch sein Fernglas. Und tatsächlich, er entdeckte die beiden Turteltäubchen an Bord des kleinen Segelbootes, das sie gemietet hatten. Scarlett saß im Schneidersitz da und nippte an einem Becher, und Matt prahlte mit seinen Muskeln, während er auf Deck Dehnübungen vollführte.

Sobald es dunkel wurde, würde Matt Lazlo, ein ehemaliger Navy SEAL, Hi-Tech-Abhörgeräte am Bugs der beiden Megayachten anbringen. Scarlett Stone war ein Physik-Genie, die eine gewisse Note zu Matts Tarnung beisteuerte. Viel ausschlaggebender war allerdings, dass Scarlett ihre eigenen, praktisch nicht aufspürbaren Abhörsysteme entwickelte. Da Meerwasser ein ernstes Problem für die Radiowellen darstellte, hatte Frazer sie um Hilfe gebeten. Matt war nicht besonders glücklich darüber gewesen, aber Scarlett würde nichts zustoßen. Die beiden würden unabhängig vom Rest des Teams arbeiten. Sie planten, morgen früh mit der Flut in See zu stechen.

Ashley setzte sich an einen Tisch und begann, auf ihrem Laptop zu tippen.

„Alex war am Pier. Hast du ihn gesehen?", fragte Frazer Lucas.

Lucas nickte.

„Ich habe nichts gesehen", gestand Ashley. Sie war in Frazers Anwesenheit noch immer etwas nervös, aber sie hatte sich als hervorragende Fallanalytikerin herausgestellt, deren Computerkompetenzen es ihnen erlaubten, tief in die unerforschten Weiten des Darknets vorzudringen.

„Vermutlich, weil du am rumknutschen warst", bemerkte Lucas trocken.

„Es ist kein leichter Job, aber irgendwer muss ihn ja machen." Patrick Killion betrat die Lounge und schenkte Frazer eines seiner berüchtigten, rotzfrechen Grinsen.

Frazer zog die Augenbraue hoch. Auch wenn es keine lästige Pflicht war, Agent Chen zu küssen, war es dennoch ganz sicher nichts, was er aus irgendeinem anderen Grund als für die Arbeit machen wollte. „Ich gehe mit Killion in die Stadt und warte darauf, dass Alex uns findet. Ihr seht zu, was ihr von hier aus beobachten könnt. Wenn du dich wie ein braver Junge benimmst", Frazer musterte Lucas, „dann lasse ich dich heute Nacht mit einer der Agentinnen das große Schlafzimmer teilen."

„Bin mir ziemlich sicher, dass ich immer noch diejenige bin, die entscheidet, mit wem ich das Bett teile", kommentierte Ashley.

Lucas grinste.

Frazer nickte. Touché. „Lassen Sie Ihre Tarnung nicht auffliegen, solange ich weg bin."

Ashley schnaubte. „Geht klar. Ich glaube, ich bekomme das mit der falschen Identität schon hin. Bis später."

Frazers Hauptanliegen war es immer noch, den Bräutigam rechtzeitig in der Kirche auftauchen zu lassen, ohne Schusswunden oder ausstehende Haftbefehle. Er zog sich eine Jeans und ein weißes Hemd an, dazu Flipflops, die sich seltsam an seinen Füßen anfühlten.

Es hatte ihn einiges gekostet, diese Operation so kurzfristig zu organisieren, aber es hatte alles hingehauen.

Sie würden herausfinden, was diese Bastarde verkaufen wollten, wer die potenziellen Kunden waren, und zu guter

Letzt würden sie das Masook-Mädchen wieder mit ihrer Mutter vereinen – ihrer rechtmäßigen Erziehungsberechtigten. Dann würden sie alle nach Hause fliegen, weil sie auf eine Hochzeit mussten. Eine Hochzeit, die er nicht vorhatte, zu verpassen.

NEUNTES KAPITEL

R EILLY SAH ZU, wie Jane eine Flasche Weißwein aus dem Kühlschrank holte, obwohl es erst Mittag war. In der Mitte der riesigen Küche mit den Steinfliesen hielt sie einen Augenblick inne, dann stellte sie die Flasche zurück in den Kühlschrank.

Sie drehte sich um und entdeckte ihn, wie er sie beobachtete. Sie trug Jeans und eine blaue Bluse, kein Make-up und ihre Haare hatte sie zu einem einfachen Pferdeschwanz zusammengebunden. Es war das erste Mal, dass er sie weniger als perfekt zurechtgemacht sah. Es gefiel ihm. Es gefiel ihm sogar sehr.

Sie schenkte ihm ein erschöpftes Lächeln. „Schauen Sie mich nicht so an, als ob Sie stolz auf mich wären. Ich habe mich in der Vergangenheit mit Alkohol und Sex von dem Verlust von Taylor abgelenkt. Beides sehr effektive Mittel, zumindest für einen kurzen Moment." Ihre Stimme war die einer puren Südstaatenschönheit und beinahe so reizend wie ihr Gesicht. „Aber Letzteres haben Sie bereits abgelehnt, und auf Alkohol verzichte ich für den Fall, dass Alex Taylor heute nach Hause bringt." Sie sah angespannt aus. „Ich will nicht, dass sie glaubt, ich wäre eine Trinkerin."

Ihre Worte erinnerten ihn an die Begegnung vor ein paar Tagen, als sie ihn berührt hatte, und er sie am liebsten nackt ausgezogen und mit ihr den Pool eingeweiht hätte. Aber sie war seine Klientin. Er ließ sich nicht mit Klienten ein.

„Sie sind keine Trinkerin", sagte er leise.

Humor blitzte in ihren Augen auf, gepaart mit genug Glut, um ihn wissen zu lassen, dass sie auch meinte, was sie gesagt hatte. „Ich bin auch keine Nutte, heißt aber nicht, dass mir Sex nicht gefällt."

Verdammt. Er wollte mit ihr nicht über Sex sprechen, vor allem nicht, nachdem sein Boss ihn angewiesen hatte, alles zu tun, um sie abzulenken.

„Mit dem richtigen Mann zusammen gefällt es mir sogar sehr gut." Sie knabberte an ihrer Unterlippe, und ihr Blick wanderte langsam über seinen Körper. Reilly verspürte ein entsprechendes Ziehen in seinem Schwanz.

„Wir könnten Karten spielen", schlug er etwas verzweifelt vor.

Ihre Augen lachten, und er glaubte, einen Anflug von Bewunderung in ihren Tiefen zu erkennen. „Nicht viele Männer lehnen einen Blowjob zugunsten eines Kartenspiels ab."

Sein Puls wurde schneller, und seine Haut fühlte sich ganz heiß an, aber er zwang sich, nicht zu reagieren. „Wenn ich unter anderen Umständen zwischen einem Pokerblatt und Ihrem Mund an meinem Körper wählen müsste? Ich würde mich definitiv für Ihren Mund entscheiden." Er wurde persönlich. Er bezog es auf sie beide, anstatt auf seinen Schwanz im Hals einer anonymen Fremden. „Aber ich bin kein Arschloch, das eine Frau ausnutzt, die gerade eine schwere Zeit durchmacht."

Ihre Lippen verzogen sich, und ihre Augen wurden dunkel. Er ertappte sich dabei, sich zu wünschen, er könnte nur ein einziges Mal die Regeln biegen, nur um sie zu schmecken.

„Ich denke, ich bin diejenige, die Sie ausnutzt, Jack.“

Und er wollte, dass sie es tat. Er wollte es wirklich. Aber er konnte es nicht tun. Er konnte diese Grenze nicht überschreiten.

Er zog ein Kartenspiel aus seiner Tasche. „Poker oder Mau-Mau?“

„Strippoker?“ Sie hob verschmitzt eine Augenbraue.

Er war geradewegs in diese Falle getappt. Schuldbewusst schüttelte er den Kopf.

Sie wurde ernst und schaute ihn einen Moment lang an, bis sich die Finger, die sie in ihre Unterarme gekrallt hatte, entspannten. „Wenn nicht bald etwas passiert, werde ich noch verrückt“, gestand sie leise.

„Das werde ich nicht zulassen. Wir stecken zusammen in dieser Sache, bis Sie Ihre Tochter zurückbekommen.“

„Es dauert schon vier Jahre.“

Die Verzweiflung in ihren Augen berührte ihn. „Alex wird es hinbekommen“, erinnerte er sie.

Langsam stieß sie den Atem aus. Endlich nickte sie. „Mau-Mau.“

ZEHNTES KAPITEL

FRAZER UND KILLION fanden eine Bar im Zentrum der Altstadt und bestellten zwei Bier.

Killion behielt die Eingangstür im Auge, Frazer den Hinterausgang. Sie hatten einen Tisch in der Nähe eines kleinen Zimmerspringbrunnens ausgewählt, was es einfacher machte, die Qualität von Audioaufnahmen zu verschlechtern, für den unwahrscheinlichen Fall, dass sie abgehört wurden.

Killion war hier, weil Alex ihm und Audrey Lockhart im Januar aus der Patsche geholfen hatte, und er den Gefallen jetzt erwiderte.

Sie prosteten sich zu.

„Auf den Ruhestand." Killion grinste.

Frazer trank einen großen Schluck und wischte sich den Mund ab, erschrocken über die Bartstoppeln auf seinem Kinn. Das ließ ihn weniger wie einen Bundesbeamten, sondern viel entspannter und sorgenfreier aussehen als er tatsächlich je gewesen war. Er wollte herausfinden, was Izzy davon hielt, bevor er sich das Gesicht wieder glattrasierte. Er schaute auf die Uhr. Sie schlief sicherlich. Sie übernachtete bei ihrem Onkel Ted, bevor sie am Morgen nach D.C. zurückfahren würde. Ted hatte sich bereiterklärt, all ihre persönlichen Dinge und die Möbel, die sie behalten wollten, in einen Umzugswagen zu laden und ihn am Ende des Monats hochzufahren. Frazer war nicht daran gewöhnt, so viele

Menschen in seinem Leben zu haben, aber er freundete sich langsam damit an. Er genoss die einfache Freude, am Ende eines aufreibenden Tages jemanden zu haben, mit dem er sprechen konnte. Jemanden zu haben, neben dem er jeden Morgen aufwachte. Jemanden zu haben, mit dem er ins Bett gehen konnte, sobald sie nur fünf Minuten für sich hatten…

„Wie läuft der Ruhestand so?", fragte Frazer den Spion.

Killion runzelte die Augenbrauen und streckte sich auf seinem Stuhl aus. „Gut, wenn es darum geht, sich daran zu erinnern, wie man ein anständiger Mensch ist. Aber ich habe das Gefühl, wenn ich nicht bald wieder arbeiten gehe, fängt Audrey an, mir diese kleinen Frösche in meinen Frühstücks-Smoothie zu mischen."

Killions bessere Hälfte erforschte eine der giftigsten Kreaturen dieser Erde – Pfeilgiftfrösche.

„Das Cartel de Manos de Dios ist nicht mehr länger hinter ihr her, oder? Diese Gefahr besteht nicht mehr?"

Killion nickte. „Sie ist sicher, aber ich habe ihr gesagt, ich lasse auf keinen Fall zu, dass sie zurück nach Kolumbien geht. Was sie ziemlich sauer gemacht hat." Dann stieß er einen tiefen Seufzer aus, aber Frazer ließ sich nichts vormachen. Der Kerl vergötterte Audreys Kampfeslust und ihre Unabhängigkeit.

Killion fummelte am Etikett seiner Bierflasche herum. „Sie wollen, dass ich die Farm leite."

Frazers Augenbrauen schossen in die Höhe. *Die Farm* war die Trainingseinrichtung der CIA in Camp Peary in Virginia.

Das war eine große Sache.

„Machst du es?" Killion pisste den Leuten regelmäßig ans Bein, aber diejenigen, die sich die Mühe machten, hinter die freche, zynische Fassade zu blicken, entdeckten die Integrität des Kerls und seinen unerschütterlichen Einsatz. Irgendjemand, irgendwo, musste das erkannt haben.

Killion zuckte mit den Schultern. Man müsste es einem Gegenüber nachsehen, wenn dieser jetzt glaubte, Killion hätte der ganzen Sache kaum einen Gedanken geschuldet. Frazer wusste es besser.

„Die Autoritäten haben Audrey ihr eigenes privates Forschungslabor geboten, aber sie sagt, sie würde lieber an einer Uni arbeiten. Sagt, das würde ihren Wissensdurst stillen. Es gibt genug Universitäten in Virginia, es könnte also funktionieren." Wieder zuckte Killion mit den Schultern. „Wir haben die Zukunft noch nicht geplant. Ich bin immer noch beurlaubt. Habe mir sechs Monate freigenommen. Mein Verstand braucht eine Pause." Killion konnte einem das Ohr abquatschen, aber er sprach so gut wie nie über sich selbst oder seine Gefühle – oder seinen Verstand.

Die meiste Zeit über gaben Leute wie Frazer und Killion vor, keine Gefühle oder ein Leben außerhalb der Arbeit zu haben. Es war ein Wunder, dass auch nur einer von ihnen einen anderen Menschen gefunden hatte, der sich auf so jemanden einlassen wollte. Sie waren alle ein bisschen verkorkst. Ein wenig abgestumpft. Ein wenig kaputt.

Alex zog sich einen Stuhl heran.

Wenn man vom Teufel spricht.

Südfrankreich schien dem Experten für Cybersicherheit zu bekommen. Seine Haare waren sonnengebleicht, seine Haut gebräunt, und scheinbar hatte er Zeit gefunden, einen Frisör aufzusuchen. Frazer fuhr sich mit der Hand über den eigenen Schädel. Er musste sich vor der Hochzeit unbedingt auch die Haare schneiden lassen, aber Waffenhändler hochzunehmen und kleine Mädchen zu retten hatte Priorität.

„Danke", sagte Alex zu der Frau, die ihm sein Bier brachte. Er drehte sich zu den beiden um und ließ seine Stimme zu einem Flüstern werden, während weiterhin ein steifes Lächeln auf seinen Lippen lag. Er hob prostend sein Bier. „Ich lasse das jetzt mit dem Deutsch, weil ich zufällig weiß, dass Frazers Sprachkenntnisse grauenhaft sind."

„Ich hasse es, Deutsch zu sprechen", stimmte Killion zu. „Fast so sehr, wie Russisch."

„Vielleicht wirst du ja nach Russland geschickt", schlug Frazer mit hoffnungsvollem Grinsen vor.

„Gibt nicht genug tropische Frösche in Moskau", erwiderte Killion. „Und zu viele verfluchte Russen."

Apropos Russen…

„Hast du den Schlüsselanhänger dabei?", vergewisserte sich Frazer. Alex war etwas paranoid, was elektronische Überwachung anging, und hatte immer einen Schlüsselanhänger mit einem Signalstörer dabei. Der hatte sich als äußerst nützlich erwiesen, als sie erst vor ein paar Wochen rechtsradikale Terroristen davon abgehalten hatten, einen Haufen Menschen in die Luft zu jagen, einschließlich Frazer selbst.

Alex stieß den Atem aus, und etwas der Anspannung, die sich in seinem verkrampften Griff um die Bierflasche zeigte, fiel von ihm ab. „Ja, aber redet trotzdem leise."

Die meisten der anderen Tische waren leer. Die Kellnerin füllte hinter der Bar scheppernd die Softdrinks auf.

„Wann bekomme ich endlich eines dieser Dinger?", fragte Frazer und deutete mit dem Kinn auf den Schlüsselanhänger.

„Ist in deinem Trauzeugengeschenk inklusive."

Hervorragend.

„Und was ist mit mir?", fragte Killion.

„Herrgott, nein", erwiderte Alex.

„Warum nicht?"

„Weil Sie es mit Langley teilen würden", sagte Alex wissend.

Killion ließ die Stirn in die Beuge seines Ellenbogens sinken, den er auf dem Tisch abgestützt hatte. Er lachte. „Sie wissen schon, dass wir auf der gleichen Seite sind?"

Alex grunzte. „Ich will nur nicht, dass die meine eigenen Instrumente am Ende gegen mich verwenden. Wie auch immer, die in Langley sind clever. Ich bin mir sicher, es fällt ihnen schon was ein."

Killion war nicht sauer. Es gefiel ihm, Leute aufzuziehen und zu beobachten, wie sie reagierten. Dieser Ansatz funktionierte allerdings bei Frazer oder Alex nicht besonders gut. Alex machte zu, und Frazer wurde gemein. Es war ein Wunder, dass sie sich nicht alle schon vor Monaten gegenseitig umgebracht hatten.

„Ashley arbeitet daran, das Kindermädchen anhand des Fotos zu identifizieren, das du uns geschickt hast. Hat sie deine Tarnung durchschaut?", fragte Frazer.

Alex schüttelte den Kopf. „Ich glaube nicht, aber sie hat mich angestarrt."

„Könnte doch an Ihrem Filmstar-Aussehen liegen", schlug Killion vor.

Alex grinste. „Natürlich. Aber sie sieht fantastisch aus. Könnte durchaus als Supermodel durchgehen. Und es lag etwas in ihren Augen. Intelligenz."

„Nannys können nicht intelligent sein?", fragte Killion.

„Natürlich können sie das", erwiderte Alex geduldig. Er würde sich auf keine Diskussion einlassen. „Es war nur eine bestimmte Sorte Intelligenz. Ich habe die ganze Zeit über gedacht, vielleicht arbeitet sie noch für jemand anderen als Masook." Er zuckte auf eine aber-was-weiß-ich-schon-Art und Weise mit den Schultern. „Vielleicht bin ich auch nur paranoid."

Frazer zog eine Augenbraue hoch. Das war keine Frage von vielleicht.

„Also starren Sie eine heiße Nanny an, und Frazer knutscht mit der Frau eines anderen herum. Da komme ich nicht mehr hinterher." Killion winkte nach einem weiteren Bier.

„Den Kuss habe ich gesehen. Sehr überzeugend", sagte Alex. „Lucas wird dir in den Arsch treten, wenn er das herausfindet."

„Oh, Randall hat zugeschaut", bemerkte Killion schadenfroh. „Vermutlich plant er schon, wie er die Leiche loswird, nachdem er Frazer im Schlaf umgebracht hat."

Frazer unterdrückte das Grinsen, das in seinen Mundwinkeln zuckte. „Randall ist ein Profi."

„Ganz genau." Killion grinste.

„Er war nicht gerade glücklich darüber", musste Frazer zugeben. „Aber es ist eine gute Tarnung für Chen und mich, und ich wollte sie dabeihaben. Sie ist eine gute Agentin und hat Erfahrung mit verdeckten Ermittlungen." Er rollte seine Schultern aus. „Es ist ja nicht so, als ob ich ihr die Zunge in den Hals gesteckt hätte." Er grinste verschlagen. „Ich lasse es nur so aussehen." Er zog eine Grimasse. „Und ich sollte es besser Izzy gestehen, bevor Randall das übernimmt."

„Waschlappen", spottete Killion.

„Und? Ich habe dich mit Audrey gesehen. Da will man dir am liebsten das dämliche Grinsen aus dem Gesicht schlagen."

„Jetzt hast du es mir aber gezeigt", erwiderte Killion, das

dämliche Grinsen wie eh und je an Ort und Stelle.

Niemand würde Killion jemals vorwerfen, politisch korrekt zu sein.

„Wer ist sonst noch hier?", fragte Alex.

Frazer war klar, dass sie langsam die Operation besprechen mussten, auch wenn sie ihren ersten Schritt nicht vor Sonnenuntergang machen konnten. „Matt und Scarlett verbringen ihre Flitterwochen auf einem acht Meter langen Segelboot. Außerdem haben wir Noah Zacharias und Logan Masters als Crew auf der Ascension dabei."

Killion beugte sich näher. „Logan hat seit einer Weile ein Auge auf Ihren russischen Freund geworfen. Die Briten haben etwas gegen ihn in der Hand und ich vermute, sie hoffen, ihn dafür benutzen zu können, sie zu seinem Boss zu führen."

Alex sah nachdenklich aus. „Ich habe einen iranischen Waffenkäufer und einen Israeli entdeckt. Irgendwas sagt mir, dass dies hier kein Verkauf ist. Es ist eine Versteigerung."

Aufregung rumorte durch Frazers Adern. Diese Sache hier war eine einmalige Gelegenheit, einen ganzen Schwarm an Terroristen und Waffenschmugglern auf einmal hochzunehmen. „Irgendeine Idee, was genau verkauft werden soll?"

Alex presste die Lippen zusammen. „Keinen Schimmer."

Killions Augen wurden schmal. „Wir könnten jemanden als Käufer einschleusen."

Alex schüttelte den Kopf. „Dieser Deal geht innerhalb der nächsten vierundzwanzig Stunden über die Bühne und jeder Neuankömmling würde sie nur aufschrecken. Darüber hinaus würden sich diese Typen auf keinen Fall noch länger hier aufhalten. Einige von ihnen sind Erzfeinde."

„Was eine gute Möglichkeit ist, den Preis nach oben zu

treiben", bemerkte Killion.

„Glaubt ihr, die Waffe ist auf dem Boot?", fragte Frazer. Die CIA kannte sich im illegalen Waffengeschäft besser aus als er. Serienmörder tendierten dazu, mit eher herkömmlicheren Methoden zu töten.

Killion und Alex runzelten gleichzeitig die Stirn.

„Nicht zwangsläufig, aber es ist möglich", wich Alex aus.

„Warum verkauft Ranich nicht direkt? Warum benutzt er einen Mittelsmann?"

„Dadurch kann er sich bedeckt halten und wird nicht direkt mit den Terroristen in Verbindung gebracht. Außerdem ist er nicht gerade die hellste Kerze auf der Torte." Killion klopfte mit den Fingern auf den Tisch.

„Und es ist auch möglich, dass Ranich als Käufer hier ist, nicht als Verkäufer", erinnerte Alex sie. „Ich habe noch keine definitiven Informationen darüber."

„Und Masook hat seine achtjährige Tochter in diese Schlangengrube mitgezerrt?" Es gab wenig, was Frazer noch überraschte.

„Obwohl er weiß, dass ein internationaler Haftbefehl gegen ihn vorliegt. Der Kerl hat Eier aus Stahl." Killion wischte sich mit dem Handrücken den Mund ab.

„Deshalb geht Jane auch davon aus, dass die örtliche Polizei geschmiert ist. Es braucht nur einen Anruf, und er ist über alle Berge." Alex Kiefer verkrampfte sich. Trotz aller Lässigkeit, die er nach außen vorgab, war der Kerl verdammt angespannt. „Auf dem Boot gibt es einen Helikopter, ebenso auf dem Boot des Russen."

„Hat Masook keine Angst, dass jemand versuchen könnte, das Kind zu entführen, um sicherzustellen, dass der Handel zu seinen Gunsten verläuft?", fragte Frazer. Kindesentführung war etwas, was er auf persönlicher Ebene verstand und womit er in seiner Arbeit oft zu tun hatte.

„Die Kidnapper würden riskieren, auf eine schwarze Liste gesetzt zu werden und keinen Zugang mehr zu den Waffenlieferungen zu haben. Außerdem ist Masook nur der Mittelsmann", antwortete Alex. „Der Käufer schert sich womöglich einen Scheißdreck um das Kind."

„Im Schwarzmarkt auf einer schwarzen Liste stehen? Ehre unter Terroristen? Warum schließen sie den Handel nicht einfach im Darknet ab?" Ein paar Touristen betraten die Bar und Frazer beäugte sie vorsichtig.

Alex zuckte mit den Schultern. „Im Darknet finden ständig irgendwelche Transaktionen mit Schusswaffen oder anderen Waffen statt, aber die Händler können sich nicht sicher sein, dass die Käufer nicht FBI-Agenten oder White Hat-Hacker sind, die sie bis zu ihrem Aufenthaltsort zurückverfolgen. Solche… speziellen… Artikel werden immer noch eher in direktem Kontakt verkauft. Die Beteiligten wollen die Ware möglicherweise erst begutachten, bevor sie den Kauf abschließen, und die Verkäufer wollen definitiv das Geld in Händen halten, bevor sie die Ware übergeben. Die verschiedenen Käufer wissen voneinander, aber sie vermeiden direkte Konfrontationen. Ich denke, Masook ist das Risiko eingegangen, das Kind mitzubringen, weil er langsam zu arrogant wird und glaubt, er sei unbesiegbar. Entweder geht er mit der Nanny ins Bett oder würde es gern. Vielleicht kann er sich das in Dubai nicht erlauben. Oder er kann einfach nicht ohne sie sein?"

Sie starrten mürrisch in ihre Biere.

„Also, wie sieht der Plan aus?", fragte Alex.

Frazer und die anderen hatten auf der Fahrt hierher die

wichtigsten Schritte besprochen. „Matt wird eine Abhörvorrichtung am Bug der beiden Yachten anbringen, sobald es dunkel wird. Ashley ist gerade dabei, sich über das WLAN in die Computer zu hacken. Sie wird außerdem sämtliche Überwachungskameras der Stadt anzapfen, um zu sehen, ob wir noch andere potenzielle Käufer aufspüren können, die sich gerade noch in den Schatten verstecken. Wir müssen herausfinden, was Masook verkauft, und so viele der Beteiligten wie möglich hochnehmen."

„Was ist mit der örtlichen Polizei?", fragte Killion. „Wir haben nicht die Befugnis, hier irgendjemanden zu verhaften."

„Der Rechtsattaché des FBI hier in Frankreich steht bereit, ebenso wie die Beamten von Interpol. Sie haben sich bereiterklärt, die örtliche Polizei bis zum letzten Augenblick außen vor zu lassen, um zu vermeiden, dass jemand gewarnt wird und womöglich entkommt. Die Möglichkeit, dass solche Waffen in Frankreich auftauchen, macht sie nervös. Die Franzosen haben schon genug durchgemacht."

Alex knibbelte das Etikett von seinem Bier. Er war still. Zu still. Endlich fragte er: „Was ist mit dem Mädchen?"

Frazer lächelte ihn an. „Ich bin mir sicher, dass du deswegen hier bist, oder?"

„Ja." Etwas in der Atmosphäre verändere sich, als Alex sich entspannte. „Ihr Leben ist vermutlich nicht in direkter Gefahr, was die einzig gute Nachricht in diesem ganzen Schlamassel ist."

„Wie hält sich Jane Sanders?", fragte Frazer.

„Wie TNT mit einer kurzen Lunte."

„Wo ist sie?"

„Im Château, wo sie vermutlich schon eine Furche in den Teppich gelaufen hat. Ich habe einen Mann dort, der auf sie aufpasst.“

Killion hob erneut sein Bier, um ihnen zuzuprosten. „Also müssen wir einfach nur das Kind retten, die Beteiligten identifizieren, die Waffen sicherstellen und die bösen Jungs hochnehmen, ohne dass jemand dabei zu Schaden kommt?“

Frazer rollte seine Schultern aus. „Und rechtzeitig zur Hochzeit wieder zu Hause sein.“

„Kinderspiel“, murmelte Killion leise.

„Los geht's Freunde: Frazer, Patrick“, sagte Alex. „Lasst uns diese Bastarde aufhalten.“

ELFTES KAPITEL

MALLORY VERSUCHTE, DIE Anspannung loszulassen, die unaufhaltsam in ihr aufstieg, während sie sich nach einem sehr langen Tag, an dem sie von morgens bis abends die Opfer von Kidnappern, Vergewaltigern und Mördern untersucht hatte, durch den Berufsverkehr von D.C. kämpfte.

„Atmen", erinnerte sie sich und spürte den Geist von Alex' Lächeln über ihre Haut streichen.

Sie vermisste ihn.

Es war albern, aber sie hasste es, ihn so gehen lassen zu müssen.

Das war falsch von ihr. Sie bestand darauf, dass er ihr Raum ließ, um ihre Arbeit zu machen, aber jetzt, da er an der Reihe damit war, sie für ein paar Tage sitzen zu lassen, war sie plötzlich gar nicht mehr so angetan von diesem ganzen Unabhängigkeitskram.

Er würde bald wieder zurück sein.

Rex grinste sie im Rückspiegel mit seinem typischen Hundezuspruch an. Er hatte sich vollkommen von der Schusswunde erholt, die er im Februar erlitten hatte, aber er mochte keine lauten Geräusche, was nicht überraschend war. Er hatte sie zum Wellnesswochenende begleitet, und jetzt gerade hatte sie ihn in der Wohnung in Quantico eingesammelt, um nun nach D.C. zurückzufahren, das letzte Mal als unverheiratete Frau, wie sie hoffte.

„Wer ist ein guter Junge?"

Rex hechelte vergnügt vor sich hin und schaute aus dem Fenster.

Es hatte einen Notfall mit den Blumen gegeben.

Mallory verdrehte die Augen, dankbar dafür, keine Frau zu sein, die wegen der Farben in ihrem Hochzeitsbouquet den Verstand verlor. Für ihre Mutter allerdings war es ein mittelschweres Desaster. Mal war es herzlich egal. Sie würde zur Not auch mit einem Sträußchen aus Gänseblumen vor den Altar treten, aber sie versuchte, diese Hochzeit für ihre Eltern so perfekt wie möglich zu gestalten, und das war kein leichtes Unterfangen. Zunächst war da die Gästeliste mit viel zu vielen Politikern für Alex' Geschmack gewesen. Dann das Thema mit dem Menü und der Torte. Sie hatten die Torte um eine Etage erweitert und eine vegetarische Option zum Menü hinzugefügt. Das war keine höhere Mathematik. Ehrlich gesagt begriff Mallory nicht, warum manche Menschen so ein Aufheben um diese Sache machten.

Es war ein anstrengender Tag gewesen. Sie und Moira Henderson waren die beiden einzigen Agenten im Büro gewesen. Moira hatte dieses kurze Zeitfenster genutzt, um Mallory so viele Gehässigkeiten wie nur möglich an den Kopf zu schleudern, bevor Mallory in den Mutterschutz verschwinden würde.

Mallory hatte gelernt, Moiras spezielle Giftigkeit aus-zublenden, und die Frau offenbarte ihr wahres Gesicht nur, wenn sie allein waren, was selten genug vorkam. Morgen würde Jed Brennan wieder im Büro sein und Mallory wäre vor weiteren Feindseligkeiten sicher. Man sollte meinen, dass Moira während der Jagd auf Serienmörder genug von diesen Hässlichkeiten bekommen würde, aber anscheinend war dem nicht so.

Es war unangenehm, so lange mit dem Lenkrad direkt an ihrem Babybauch dazusitzen, und Mallory rutschte auf dem Sitz herum und rieb sich mit einer Hand ihren schmerzenden Rücken.

Sie hatte unterschätzt, wie viel Arbeit sie vor der Hochzeit noch zu erledigen hatte, aber das waren alles nur Kleinigkeiten. Vielleicht hätte sie sich die ganze Woche freinehmen sollen, aber sie sparte ihre Urlaubstage für die Flitterwochen auf und wollte ihre Vorgesetzten nicht verärgern, indem sie jetzt noch unbezahlten Urlaub nahm, obwohl sie so kurz vor dem Mutterschutz stand. Sie hatte sich Freitag freigenommen und würde sich zusammen mit ihren Brautjungfern eine Maniküre und eine Gesichtsbehandlung gönnen. Die Hochzeitsplanerin sollte mit allen anderen Problemchen, die womöglich noch auftauchten, allein klarkommen.

Ganz im Ernst. Ein Pastor. Ein Bräutigam. Etwas zu essen und vielleicht ein bisschen tanzen, und sie wäre glücklich. Oder, um ehrlich zu sein, einfach Alex, der sicher nach Hause kam, und sie wäre glücklich.

Das Baby versetzte ihr einen energischen Tritt.

„Dich zähle ich da natürlich auch mit dazu, Junior.“

Rex meldete sich mit einem *Wuff* zu Wort.

Sie wussten nicht, ob es ein Junge oder ein Mädchen werden würde und wollten es auch nicht wissen, bis er oder sie auf die Welt kam. Das Babyzimmer war in neutralen Farben gehalten, gelbe Wände, helle Holzmöbel und eine weiße Borte.

Mal bog rechts in Richtung des lächerlich großen Hauses ihrer Mutter ab.

Sie konnte sich nur schwer vorstellen, dass sie und Alex

bald für ein Kind verantwortlich sein würden. Alex installierte so viele Sicherheitsvorkehrungen, wie ein Privathaus nur aushalten konnte – seine Version des Nestbaus. Es hatte bereits eine Mauer gegeben, die ihr neues Haus umgab. Jetzt gab es auch elektronische Laser und Berührungssensoren, die das Grundstück und das Gebäude überwachten. Das Haus hatte einen Panikraum, Sprinkler, Stahltüren und kugelsicheres Glas in sämtlichen Fenstern. Es hatte ein Vermögen gekostet, all das zu installieren, ohne dabei den Charakter des viktorianischen Hauses zu zerstören, und das war Mallorys einzige Forderung gewesen. Sie konnten ihretwegen in einer Festung leben, aber es sollte immer noch aussehen wie ein Zuhause.

Diese Aufrüstungen hatten Alex etwas gegeben, worauf er sich konzentrieren konnte, als er sich darüber Sorgen zu machen begonnen hatte, was für ein Vater er sein wollte. Sicherheit war etwas, was er bis zu einem gewissen Punkt kontrollieren konnte – darüber hinaus konnte niemand irgendetwas kontrollieren. Diese grundlegenden Vorsichtsmaßnahmen durchzuführen, ermöglichte ihm, sich zu entspannen, und sie wusste, dass er dieses Sicherheitspolster brauchen würde, wenn das Baby auf der Welt war.

Sie hielt vor dem Haus ihrer Mutter und zog die Handbremse an. Rex bellte kurz auf. Mallory stieg aus und öffnete den Kofferraum, griff nach den Sachen, die ihre Mutter am Donnerstag der Hochzeitsplanerin mitgeben wollte, damit diese sie wiederum am Freitag mit zu dem Weingut bringen konnte. Mallory hätte die Sachen ohne Weiteres selbst mitbringen können, aber das wäre natürlich zu einfach gewesen. Rex schnüffelte an einem Lampenpfosten und hob das Bein. Mallory ging zu Haustür, achtete auf die unebenen

Steinplatten auf dem Weg. Sie klingelte, um ihre Ankunft anzukündigen, dann betrat sie das Haus. Selbst nach allem, was über die Jahre passiert war, schloss ihre Mutter nur selten die Haustür ab.

Ihre Mutter schnappte augenblicklich entsetzt nach Luft. „Du sollst doch nichts mehr tragen!"

Mal ließ die Pakete auf den Tisch im riesigen Foyer fallen. „Es ist nicht schwer." Sie gab ihrer Mutter einen Kuss auf die Wange, und Rex machte brav Sitz und wartete darauf, bemerkt zu werden. Ihre Mutter blickte zu ihm hinunter und tätschelte ihm unbeholfen den goldenen Kopf.

Mallory musterte ihre Mutter. Sie hatte abgenommen, seit sie im letzten Dezember ihren Posten als Senatorin niedergelegt hatte. Die Verzweiflung, die immer in ihr Gesicht geschrieben gewesen war, hatte sich etwas gelichtet. Sie sah glücklicher aus, als Mal sich je erinnern konnte.

„Ich habe sämtlichen Trauzeugen und den Brautjungfern einen Gefallen getan und ihren Hochzeitszwirn abgeholt", erklärte Mallory und suchte nach einem neutralen Gesprächsthema.

Ihre Mutter schüttelte missbilligend den Kopf. „Als ich in der siebenundzwanzigsten Woche schwanger war, habe ich nicht mehr voll gearbeitet und gleichzeitig eine Hochzeit geplant. Man hatte mir Bettruhe verordnet."

Mallory berührte ihren Arm. „Du hast aber auch Zwillinge bekommen, Mom. Mir geht es gut. Wirklich." Streng fügte sie hinzu: „Mach dir keine Gedanken."

Schritte kamen näher, und Mal schaute auf und erblickte Art Hanrahan, den ehemaligen Chef der Fallanalyseeinheit 4 des FBI, der zögerlich näherkam. Art und ihre Mutter waren ein Paar, und auch wenn die Dinge nach allem, was letztes

Jahr passiert war, etwas angespannt waren, mochte Mallory den Kerl.

„Soll ich die Sachen ins Esszimmer bringen?", fragte er.

„Gern." Sie lächelte ihn dankbar an. „Ich habe dem General" – der Hochzeitsplanerin – „gesagt, dass die Farbe der Anemonen kein Problem ist, und dass wir die mit den pinken Streifen an den Rand verbannen. Und ich habe die Zuckerstangen dabei." Die Leckereien waren extra angefertigt worden und hatten ihren und Alex' Namen eingelassen. „Sie hat mich daran erinnert, unbedingt Omas Kuchenmesser zu den anderen Sachen zu legen und holt die Sachen dann Donnerstagabend hier ab."

Ihre Mutter runzelte skeptisch die Stirn. „Wo ist Alex?"

In einer seltsamen Wendung der Ereignisse hatte ihre Mutter Mallorys Verlobten sehr ins Herz geschlossen. Vielleicht waren es Schuldgefühle.

„Er hat viel zu tun." Nie im Leben würde sie ihr sagen, dass er nicht hier war. Ihre Mutter würde darauf bestehen, dass sie bei ihr einzog, dabei hatte Mal die letzten sechs Monate damit verbracht, ihre Beziehung zu kitten. Schwanger zu sein, hatte ihr eine neue Perspektive darauf eröffnet, was ihre Eltern durchgemacht hatten, als ihre Zwillingsschwester Payton entführt worden war. Auch wenn sie mit der Bewältigungsstrategie ihrer Mutter über die Jahre nicht einverstanden gewesen war, war sich Mallory nicht sicher, ob sie unter den Umständen auch nur halb so gefasst gewesen wäre.

Ihr Magen knurrte, und sie legte die Hände auf ihren gespannten Bauch. „Ich muss etwas in den Magen bekommen, bevor Junior hier einen auf Alien macht. Sollen wir essen gehen?"

„Wir wollten gerade zu Abend essen. Leiste uns doch Gesellschaft", insistierte Margret. „Der Chef macht immer viel zu viel."

Der „Chef" war ein französischer Koch, der Mallorys Oberschenkel immer automatisch zwei Zentimeter anwachsen ließ, sobald sie nur das Haus betrat. Aber was soll's. Sie würde morgen früh schwimmen gehen, um es wieder wettzumachen.

„Ich decke einen dritten Platz", bot Hanrahan gutgelaunt an. Er hielt die Hand nach Rex' Leine auf, dann löste er sie vom Halsband. Die Augen ihrer Mutter wurden groß, und sie wandte angestrengt den Blick ab, als Rex an den Treppenstufen schnüffelte.

„Komm, Junge", rief Hanrahan, und Rex flitzte ihm hinterher.

Ein Lächeln legte sich auf Mallorys Lippen, als sie die beiden davonspazieren sah. „Ihr beide scheint es heimelig zu haben."

Die Wangen ihrer Mutter wurden rot, und sie krallte die Finger ineinander. „Art hat mich gefragt, ob ich ihn heiraten will."

Mals Augen wurden groß.

Ihre Mutter hob die linke Hand und starrte auf ihren nackten Ringfinger. „Ich habe Nein gesagt – vorläufig. Ich will dir an deinem großen Tag nicht die Show stehlen."

Mallory schüttelte langsam den Kopf und griff nach den Händen ihrer Mutter. „So ticken Alex und ich nicht. Je mehr gute Nachrichten, desto besser. Liebst du ihn?", fragte sie sanft.

Ihre Mutter lachte verlegen auf und wandte den Blick ab. „Ja, das tue ich. Ich hatte nicht damit gerechnet, mich nach deinem Vater je wieder zu verlieben, aber…"

Tränen traten in Mallorys Augen. Mann, sie konnte es nicht erwarten, bis sie diese verfluchten Schwangerschaftshormone endlich los war. „Ich lasse euch beide allein, damit ihr ein schönes, romantisches Abendessen genießen könnt, und du seinen Antrag annimmst…“

„Nein.“ Ihre Mutter drückte ihre Hände. „Ich will, dass du die Füße hochlegst, und ich will dafür sorgen, dass du etwas isst. Ich sage Art, dass ich meine Meinung geändert habe, wenn wir allein sind … später dann.“

Mallory zog vielsagend die Augenbrauen in die Höhe.

„Was?“, verlangte ihre Mutter zu wissen. „Denkst du, alte Leute hätten keinen Sex mehr?“

Mallory verschluckte sich fast an ihrem Lachen. „Erstens bist du nicht alt. Und zweitens stellt sich niemand gerne vor, wie die eigenen Eltern Sex haben. Ganz ehrlich.“

Margrets Lächeln war sanft. „Ich weiß. Ich liebe dich, Mallory. Ich habe dir das nicht oft genug gesagt, nachdem wir Payton verloren haben. Ich hatte das Gefühl, alles Gute in meinem Herzen verloren zu haben, und wurde eine verbitterte und hasserfüllte Frau.“ Sie wandte den Blick ab und schluckte hörbar. „Etwas in mir ist an diesem Tag gestorben. Keine Worte und keine Taten können einer Mutter oder einem Vater in dieser Situation die Schuldgefühle nehmen. Ich habe mir jeden Tag Vorwürfe gemacht, weil das Schlafzimmer von euch Mädchen so weit von meinem entfernt war, dafür, nicht fünfzig Wachhunde und ein Alarmsystem und Personenschutz gehabt zu haben. Und wenn ich mir selbst keine Vorwürfe gemacht habe, dann eurem Vater.“ Ihr Mund war schmal, aber sie sprach weiter. „Und dir.“

Ihre Ehrlichkeit war so schockierend, wie sie erfrischend war.

Die Finger ihrer Mutter drückten ihre Hände, bis es fast wehtat. „Es tut mir leid. Es tut mir leid, dass ich kein besserer Mensch war. Es tut mir leid, dass ich nicht die Mutter war, die du verdient hattest, vor allem, nachdem du deine Schwester verloren hattest. Ich habe dich furchtbar im Stich gelassen. Ich hätte stärker sein müssen, für die beiden Menschen, die mir noch geblieben waren."

Jetzt strömten Mallory die Tränen nur so über das Gesicht. Sie zog ihre Mutter in eine Umarmung.

„Es war eine schreckliche Zeit. Ich kann mir nicht vorstellen, was ihr durchgemacht habt. Ich liebe dich, Mom. Dich und Dad. Ich liebe euch beide. Ich will, dass ihr beide glücklich seid."

Nach ein paar Minuten löste sich Margret aus der Umarmung und wischte sich mit einem Finger die Tränen ab. „Das ist auch alles, was ich mir für dich wünsche."

Mallory überzeugte ihre Mutter, im kleineren Essbereich in der Küche zu Abend zu essen, anstatt in dem riesigen, formellen Esszimmer. Und als sie zu essen begannen, schickte sie ein kleines Gebet los, dass Alex doch bitte in Sicherheit wäre. Sie verstand ihre Mutter in diesen Tagen so viel besser, und das Leben war viel zu kurz, als an alten Kränkungen festzuhalten. Diese Hochzeit war genau das, was ihre Eltern brauchten, um nach vorn zu schauen und die Vergangenheit ruhen zu lassen. Alex war alles, was Mallory brauchte. Er war alles, was sie jemals gebraucht hatte.

ZWÖLFTES KAPITEL

S OBALD ES DUNKEL wurde, richtete das Team im Château die Kommandozentrale ein, während Alex jede Erinnerung an Mallory und ihre bevorstehende Hochzeit aus seinen Gedanken verbannte. Er musste sich auf die Mission konzentrieren, wenn er Taylor unbeschadet dort herausholen wollte.

Er und Ashley Chen stellten gerade die Verbindung zwischen ihren Computern und den Abhörgeräten her, die Matt Lazlo früher am Abend an den beiden Yachten im Hafen angebracht hatte. Sie hatten Kopfhörer auf, und plötzlich grinste Ashley Chen ihn an wie ein Honigkuchenpferd. Es war noch nicht lange her, dass keiner von ihnen beiden dem anderen vertraut hatte, aber jetzt war sie sogar Teil seiner Hochzeitsgesellschaft.

Sie zog den Stecker des Kopfhörers heraus, damit sie mithören konnten. Alle verstummten. Es war die Übertragung von Masooks Boot.

Blecherne, unverständliche Stimmen hallten aus den Lautsprechern. Ashley stellte die Tonspur ein, so gut es ging, drehte die Lautstärke auf, und plötzlich ertönte eine junge, weibliche Stimme und erzählte auf Englisch etwas darüber, am nächsten Tag reiten zu gehen.

Alex warf einen verstohlenen Blick auf Jane, die unsicher in der Tür stand und das Team mit einer Mischung aus

Hoffen und Bangen beobachtete. Als die Stimme des Mädchens ertönte, schlug sie die Hand vor den Mund, um ein Schluchzen zu unterdrücken.

Wie mochte es sich anfühlen, nach vier langen Jahren die Stimme des eigenen Kindes wiederzuhören? Herzzerreißend und längst nicht genug.

Jane wusste, dass all diese Leute nicht einfach nur hier waren, um ihre Tochter zu befreien, aber sie sagte nichts. Sie war keine dumme Frau. Sie war eine verzweifelte Mutter. Alex warf Reilly einen Blick zu, der ihm fast unmerklich zunickte.

Sie konnten es sich nicht leisten, dass Jane diese Operation versaute, weil sie zu emotional involviert in den Ausgang der ganzen Sache war und womöglich etwas Unüberlegtes tat.

„Hör mal." Ashley griff nach seinem Ärmel und zog ihn zu sich. Sie hatte die Audioübertragung noch weiter gefiltert. Es klang nun deutlicher.

„*Ist es sicher?*", fragte ein unbekannter Sprecher. Die Stimme war gedämpft.

„*So lange niemand die Container öffnet, ja.*"

Alle im Raum erstarrten und schauten sich fragend an. Was zur Hölle war in den Containern?

„Ist das Masook?", fragte Alex Jane. Ihre Augen waren vor Schrecken weit aufgerissen. Sie nickte.

„*Ist das hier das Gegenmittel?*", fragte der erste Mann.

Etwas an dieser anderen Stimme nagte an Alex' Erinnerung, aber er konnte sie nicht einordnen.

„*Der Impfstoff. Ja.*"

Schöne Scheiße. Ein Impfstoff deutete auf eine biologische Waffe hin. Er tauschte einen Blick mit Frazer aus.

„*Scheint ja nicht besonders viel davon zu geben.*" Die Stimme verriet einen Anflug von Ironie.

„Wer ist das?", fragte Alex. Die Tonqualität war eher schlecht als recht. „Hat irgendjemand ein Foto oder eine Identifizierung?" Sie hatten jeden fotografiert, der das Boot betreten oder verlassen hatte.

„Mein Lieferant arbeitet daran, mehr herzustellen."

„Woher wissen Sie, dass es echt ist?"

Ein Lachen erklang. *„Habe ich Sie je enttäuscht?"*

Es ertönte ein gedämpftes Stimmengewirr, und es schienen mehrere Unterhaltungen gleichzeitig übertragen zu werden. Ashley tat, was sie konnte, um Masook herauszufiltern. Alex kontrollierte die Videoübertragung. Und tatsächlich, eine Gruppe gut angezogener Leute betrat das Boot – vermutlich waren sie auf ein Abendessen und Drinks gekommen.

„Kannst du Masook und den Käufer isolieren?", fragte er Ashley.

Sie verzog das Gesicht. „Weiß nicht. Das ist nicht mein Spezialgebiet."

Alex nickte. „Meines auch nicht. Wir können später versuchen, es zu isolieren." Alles wurde aufgenommen. Aber in der Zwischenzeit würden sie womöglich etwas Ausschlaggebendes verpassen.

„Wir könnten Scarlett herholen…" Ashley blickte Frazer an. „Sie ist besser in diesen Dingen als wir alle zusammen."

Für einen Augenblick sagte Frazer gar nichts. Matt und Scarlett sollten nicht noch weiter involviert werden, als sie es ohnehin schon waren.

Plötzlich erklang Masooks Stimme, so klar und deutlich, als ob er direkt neben der Wanze stehen würde. *„Sagen Sie dem Kapitän, dass wir morgen früh ablegen."*

„Er reist ab?", fragte Jane panisch und trat einen Schritt

näher.

Alex und Frazer tauschten Blicke aus. „Können wir den Käufer identifizieren? Nimmt er irgendwas mit? Denn wenn das der Fall ist, müssen wir jetzt ihn jetzt schnappen, bevor er mit was zur Hölle auch immer Masook ihm verkaufen will verschwindet."

„Noah ist dran", erwiderte Logan über sein Handy. Noah und Lucas waren zurück an Bord der *Ascension* und behielten die Videoübertragung der Überwachungskameras und ihre Beute im Auge.

Auf Masooks Boot knallte eine Tür.

„*Wir reisen ab? Du hast Taylor versprochen, dass sie morgen reiten gehen kann. Was soll ich ihr jetzt sagen?*" Josettes Stimme erklang durch die Lautsprecher. Sie klang ein wenig außer Atem.

„*Sag ihr, dass ich ihr ein Pony kaufe, wenn wir wieder zu Hause sind. Nach dieser Reise kann ich ihr einen ganzen Stall voller Ponys kaufen, wenn sie will. Aber ich bin nicht hier, um über Taylor zu sprechen.*" Masooks Stimme wurde leise und heiser.

Josette lachte. „*Aber deine Gäste sind doch da.*"

„*Die können warten. Ich nicht.*"

Ein Schlag ertönte, dann das undeutliche Rascheln von Anziehsachen, die zur Seite geschoben wurden, und schweres Atmen. Dann das Stöhnen zweier Leute, die schnellen, rauen Sex an einer Kabinenwand hatten.

„Ich vermute, das beantwortet die Frage über das Kindermädchen." Killion zog eine Grimasse.

Alex warf einen Blick in Frazers Richtung. „Klingt so, als ob er den Verkauf feiern würde."

„Was ist mit Taylor?", fragte Jane laut.

Alex hielt ihrem Blick stand. „Wir holen sie zurück." Aber die Dinge waren gerade viel komplizierter geworden. Viel gefährlicher.

„Wir haben ein Foto der Person, die gerade mit Masook gesprochen hat. Glauben wir jedenfalls", unterbrach Logan. „Noah sagt, dieser Kerl ist jetzt bei den anderen Gästen an Deck, ohne die biologische Waffe, es sei denn, sie ist so klein, dass sie in seine Jackentasche passt, was natürlich möglich ist. Er versucht, noch eine bessere Aufnahme zu schicken. Ich schicke euch das erste Foto auf die Handys." Logan drückte auf eine Taste.

Alex lud das Bild auf seinem Handy. Trotz der Schatten hatte Noah es hinbekommen, das Bild eines dunkelhäutigen, gutaussehenden Typen mit spitzer Nase und elegantem Auftreten zu isolieren. Er trug einen Hut und trotz der Dunkelheit eine Sonnenbrille – was vielleicht Gesichtserkennungsprogramme aus der Spur warf, nicht aber echte Menschen.

Alex vergaß nie ein Gesicht.

Blanker Hass stieg in ihm auf. Charles Salamander. Der Typ, den Alex laut Befehl der US-amerikanischen Regierung vor Jahren hätte umbringen sollen. Leider war Alex wie gelähmt gewesen, als die kleine Tochter des Mannes ins Zimmer gekommen war, und er hatte die Sache nicht durchziehen können. Alex war geschnappt und ins Gefängnis geworfen worden, die US-Regierung hatte alle Verbindungen zu ihm gekappt und jede Beziehung zu ihm dementiert. Salamander hatte in diesem elenden marokkanischen Gefängnis persönliche, perfide Rache an ihm geübt. Rache, die Alex noch heute in die Haut gebrannt war.

Niemand hier wusste von der Verbindung zwischen Alex

und Salamander, obwohl Killion das Gesicht des Mannes ebenfalls erkannte und fluchte.

„Dieser Wichser bedeutet nichts als Ärger. Interpol hat diverse Red Notices für seine Verhaftung ausgestellt."

„Also sind heute Abend mindestens vier Personen in Antibes, für die internationale Haftbefehle vorliegen. Was auch immer in diesen Containern ist, bringt eine Menge Leute dazu, ein ernsthaftes Risiko einzugehen", grübelte Frazer.

„Gehen wir davon aus, dass Ranich der Lieferant ist?", meldete sich Logan zu Wort.

Alex schüttelte langsam den Kopf. „Wenn es eine neuartige biologische Waffe ist, kann Ranich ebenso gut ein potenzieller Käufer sein. Wir müssen uns Masooks Computer anschauen. Wir müssen herausfinden, wer Masook mit diesem Zeug versorgt."

„Wir müssen vor allem wissen, was das für ein Zeug ist", fügte Frazer hinzu.

Und sie mussten es jetzt wissen. Bevor dieser Container verschwand.

„Wir haben weder genügend Leute noch die Befugnis, all diese Typen zu verhaften, ohne die anderen aufzuscheuchen", bemerkte Alex. Ihr Team bestand aus fünf FBI-Agenten, aber keiner von ihnen war autorisiert, im Ausland Verhaftungen auszuführen.

„Ich spreche mit Interpol", sagte Frazer. „Solange die wissen, wo sich diese Kriminellen aufhalten, können sie mit Hilfe der örtlichen Polizei den Zugriff starten, sobald wie ihnen das Go geben. Sollen sie meinetwegen die Lorbeeren einfahren. Das hier ist eine große Sache für sie, und sie könnten gute Presse dringend gebrauchen, wenn es um Erfolge gegen Terroristen geht."

„Wir müssen zeitgleich loslegen und wir müssen jeden der Beteiligten im Auge behalten", sagte Frazer. „Killion beschattet Salamander. Lucas kümmert sich um die indische Delegation, Logan um den Hisbollah-Abgeordneten, Noah kann von der *Ascension* aus die Russen beschatten, Matt die Israelis. Ich verfolge die Al-Quaida-Spur. Alex übernimmt Masook."

Alex schüttelte den Kopf. „Ich brauche Matt in einem Boot. Holen wir Scarlett hierher, damit sie und Ashley die Kommunikation übernehmen und die Überwachung aufrechterhalten, um uns vor unvorhergesehenen Entwicklungen zu warnen", sagte er. „Wir können nicht jeden beschatten, aber wenn wir die kritischen Stellen überwachen, sollten wir die meisten der Beteiligten entdecken, sobald sie versuchen, Antibes zu verlassen. Ich gehe als erster rein. Sobald ich die Waffe in einer Hand und das Kind und Masooks Computer in der anderen Hand habe, gib Interpol Bescheid zum Zugriff. Wir treffen uns auf der *Ascension*, wenn wir fertig sind."

„Und wie willst du das hinkriegen, ohne dass Masook dich entdeckt?", fragte Frazer sarkastisch.

Alex schaute zu Jane. „Einfach. Wir werden ein Ablenkungsmanöver starten. Und Jane wird dabei helfen." Er sah, wie ihr Gesicht kreidebleich wurde und sie zu schwanken begann.

Alex hatte sie gerade darum gebeten, sich ihrer größten Angst zu stellen.

Reilly trat vor, blickte düster drein und runzelte die Stirn. „Wie genau soll Jane denn eine Ablenkung verursachen?"

„Sie muss nur eine Szene machen", erklärte Alex.

„Der Plan gefällt mir nicht", erwiderte Reilly.

„Warum nicht?"

„Ich habe die letzten Tage damit verbracht, sie von diesem Arschloch fernzuhalten“, meinte Reilly geradeheraus.

Das war eines der Dinge, die Alex an ihm mochte. Jack Reilly machte nicht viele Worte.

„Vor Zeugen wird Masook Jane nichts antun und sie wird nur auf dem Kai stehen, nicht das Boot betreten. Während Masook sie beobachtet, und mit ziemlicher Sicherheit panisch wird, sofern er das Geld für die Biowaffe noch nicht erhalten hat, gehe ich unter Deck, schnappe mir die Waffe und seinen Laptop, übergebe ihn Matt, der ihn sofort hierher bringt. Sobald er vom Boot runter ist, schnappe ich mir Taylor.“

„Sie wird nicht freiwillig mitgehen“, warnte Jane. Alex bemerkte, wie ihre Zähne aufeinanderschlugen. Sie hatte Todesangst, und er wünschte, es gäbe einen anderen Weg. Aber ihm fiel nichts ein, was nicht das Kind oder die Waffe in Gefahr bringen würde.

„Ich werde Taylor nicht weh tun, aber ich werde auch kein Kind betäuben“, versicherte Alex fest. Aber er würde ihr womöglich Angst machen müssen. Das ließ sich nicht verhindern.

„Was hält Masook denn davon ab, Jane an Bord des Bootes zu zerren und sie windelweich zu prügeln?“, fragte Reilly und verschränkte die Arme vor der Brust.

Alex blinzelte. Reilly hatte sich noch nie zuvor gegen einen Plan gesträubt. Dann verstand er. Der für gewöhnlich so professionelle, unerschütterliche Personenschützer hatte Gefühle für Jane entwickelt. Aber Alex' Plan würde sie nicht in tatsächliche Gefahr bringen. Solange jeder seinen Job machte, sollte sie keine Probleme bekommen.

„Du. Tu so, als ob du ein Tourist wärst und spazieren gehst. Schreite ein, falls Masook eine Bedrohung darstellt.“

Jane warf Reilly einen Blick zu, und Alex bemerkte, wie ihr Ausdruck sanfter wurde, als sie den ehemaligen Green Beret-Soldaten anschaute.

Als Mann, der in ein paar Tagen selbst heiratete, würde Alex sich einer aufkeimenden Romanze nicht in den Weg stellen, aber er wollte auch nicht, dass diese Operation gegen die Wand fuhr. Zu viele Menschen, die ihm etwas bedeuteten, waren involviert, und dann waren da noch die nicht identifizierte biologische Waffe und ein Kind.

Er schaute auf seine Uhr. „Der Startschuss fällt in dreißig Minuten. Frazer, sprich mit Matt und erkläre ihm, was passieren wird. Bring Scarlett so schnell wie möglich hierher. Alle anderen machen sich bereit."

„Aye aye, Captain", erwiderte Frazer heiter.

„Ashley. Ich will jeden letzten Fetzen an Information, den wir über die Aufenthaltsorte der Beteiligten kriegen können. Sehen wir zu, dass wir die Verkehrskameras für eine Über-wachung in Echtzeit anzapfen können, und bis wir Sichtkontakt haben, orten wir die Handysignale, um ihre Positionen zu bestimmen. Können wir Langley kontaktieren, um zusätzliche Ressourcen für diese Sache zu bekommen?"

Killion nickte und holte sein Handy hervor. „Ich frage nach."

Alex kontrollierte seine Waffe.

Frazer warf ihm eine schusssichere Weste zu. „Zieh die an."

Alex verzog das Gesicht.

„Ich muss dich vor den Altar bringen, ohne dass dir irgendwelche wichtigen Körperteile fehlen oder du 9 mm-Einschusslöcher aufweist. Alle tragen Schutzwesten", sagte Frazer laut. „Die französische Polizei wird die Verhaftungen vornehmen. Sobald Alex die Biowaffe sichergestellt hat und mit dem Mädchen von Bord ist, ruft Interpol die örtliche Polizei. Selbst wenn Masook gewarnt wird, kann er zu diesem Zeitpunkt nur noch wenig ausrichten, abgesehen davon, zu flüchten." Frazer musterte Alex. „Vielleicht wäre es kein schlechter Gedanke, einen Abstecher zum Helikopter zu machen und sicherzustellen, dass er nicht abheben kann?"

„Was ist mit der Maschine des Russen?", fragte Ashley.

„Der Pilot ist gerade tanken geflogen", informierte Logan sie. „Glauben Sie, Interpol könnte einen Grund finden, um diesen Ausflug für den Piloten etwas länger als nötig zu gestalten?"

Frazer nickte. „Ich sage meinem Kontakt Bescheid."

„Dieser Kontakt ist besser ganz eindeutig auf unserer Seite", warnte Alex. Sollte man ihn ruhig zynisch nennen, aber er war zu lange im Geschäft, um unbekannten Faktoren zu trauen.

„Ich schätze, das werden wir bald herausfinden", erwiderte Frazer kryptisch.

„Wird schon schiefgehen." Alex erhob sich. So sehr er auch Mallory anrufen wollte, er tat es nicht. Er musste sich auf die Mission konzentrieren.

DREIZEHNTES KAPITEL

JANES HÄNDE ZITTERTEN, als sie ihr blassblaues T-Shirt auszog und nach dem schwarzen Langarm-Shirt griff, das Ashley Chen ihr geliehen hatte. So aufgeregt sie auch über die Aussicht war, Taylor wiederzusehen, sie hatte auch Angst. Vor Ahmed. Vor der Möglichkeit, dass Taylor sie ablehnte und sie gezwungen sein würde, ein schreiendes Kind von dem einzigen Elternteil wegzuzerren, das es je gekannt hatte. Aber nie im Leben würde Jane ihre Tochter bei einem Mann zurücklassen, der mit Waffen und willkürlichem Tod handelte. Jane atmete ein paar Mal tief ein, kämpfte gegen ihre Panik an, versuchte, sich zu beruhigen.

Es klopfte an der Tür, und ohne auf eine Antwort zu warten, trat Jack Reilly ins Zimmer, dann hielt er abrupt inne. Er ignorierte die Tatsache, dass sie nur in Unterwäsche gekleidet dastand, und schloss sanft die Tür hinter sich. Er hielt ihr einen Teller mit einem Sandwich hin.

„Geht es Ihnen gut?", fragte er.

Sie nickte, spürte in ihrem Inneren eine Mischung aus Vorahnung, übler Beklemmung und schlicht und einfach einer Heidenangst. Sie war ein solcher Feigling.

„Sie müssen etwas essen." Und da war auch das immer vorhandene Glas Wasser, das er ihr hinhielt.

Ihr Hals fühlte sich an wie Schmirgelpapier, aber sie würde nichts hinunterbringen. Sie wandte sich ab. „Ich kann nicht."

Ungelenk zog sie das schwarze T-Shirt über ihren Kopf. Der Stoff war eng und anschmiegsam, und sie war scheinbar etwas größer als Ashley Chen, was den Brustumfang anging. Das T-Shirt fühlte sich eher wie eine Brustbinde als wie ein Kleidungsstück an. Jane zog das flexible Gewebe über ihren Sport-BH und schaute auf. Überrascht sah sie, wie Jacks Augen über ihren Körper wanderten, mit einem Funkeln in ihren Tiefen, das von Professionalität und Kaltschnäuzigkeit weit entfernt war.

Sie hatten in den letzten Tagen viel Zeit miteinander verbracht, und das hatte Jane mehr genossen, als sie erwartet hatte. Seit er ihre sexuellen Avancen zurückgewiesen hatte, hatten sie sich einfach nur Gesellschaft geleistet. Aber in diesem Augenblick verrieten ihr seine Augen, dass sie ihm als Frau nicht gleichgültig war. Was bedeutete, dass er die Wahrheit gesagt hatte – er vermischte Geschäftliches und Privates nicht.

Schade.

Jetzt war es zu spät. Sie bezweifelte, dass sie ihn wiedersehen würde, nachdem sie in die Staaten zurückgekehrt waren.

Sie stieg in ein Paar ihrer eigenen schwarzen Hosen und zog den Reißverschluss zu. Dann setzte sie sich auf die Bettkante und zog sich schwarze Socken und schwarze Stiefel an. Sie sah aus wie ein Juwelendieb oder wie einer der Agenten draußen.

„Das werde ich nicht tragen. Wenn ich da auftauche und angezogen bin wie Catwoman, weiß er sofort, dass etwas im Gange ist." Jane schüttelte den Kopf, angewidert von sich selbst, und zog das Top wieder aus. Sie stapfte zu ihrem Koffer und begann, durch ihre Sachen zu wühlen.

Sie fand ein dunkelblaues Jerseykleid mit perlenbesetztem Ausschnitt. Mit dem Rücken zu Reilly zog sie ihren BH aus und tauschte ihn gegen ein halterloses Modell. Sie zog den BH an und spürte Reillys Blick in ihrem Rücken, auch wenn sie sich nicht umdrehte. Das hier war keine Verführung, und selbst wenn es das wäre, wusste sie, dass es bei diesem Mann nicht funktionieren würde. Sie war seine Klientin. Sie zog das Kleid über ihren Kopf, und der Stoff fiel weich über ihren Körper. Dieses Kleid hatte sie immer gemocht, weil es ihren Kurven schmeichelte und ihre Taille schmaler aussehen ließ. Sie trat die Stiefel von ihren Füßen, zog die Hose herunter und warf sie zurück in den Koffer.

„Hübsche Socken." Reillys Stimme war leise und vibrierte mit mehr als nur Belustigung. Überrascht warf sie einen Blick über ihre Schulter.

Sein Kiefer war angespannt, seine Nasenflügel weiteten sich.

Sie zog eine Augenbraue hoch. „Bereuen Sie jetzt die ganze Zeit, die wir mit Mau-Mau spielen verschwendet haben?", zog sie ihn auf.

„Sie kennenzulernen war keine Zeitverschwendung."

Sie blinzelte. Der Kerl war einfach immer bedacht in den Dingen, die er sagte. Wenn er versuchte, ihren Verstand zu verführen, war er auf dem besten Wege.

Er atmete tief ein und seine Lippen zuckten. „Aber ich wünschte, ich hätte ein paar Runden Strip-Poker vorgeschlagen, um die Sache ein wenig abwechslungsreicher zu gestalten."

Sie lachte, als sie sich hinunterbeugte, sich die Socken von den Füßen zog und sie ebenfalls zurück in den Koffer warf.

„Bin nicht sicher, ob ich meine Hände bei mir hätte lassen können, wenn Sie nackt gewesen wären, Mr. Reilly. Und ich meine, mich zu erinnern, dass es Ihnen nicht besonders gefallen hat, als ich sie angefasst habe."

„Es würde mir ziemlich gut gefallen, wenn ich nicht arbeiten würde. Was mir nicht gefällt, ist, wie ein Stück Fleisch behandelt zu werden."

Jane riss erschrocken den Mund auf. „Oh, mein Gott. So hatte ich das überhaupt nicht gemeint, als ich Sie neulich angefasst habe."

„Wie denn dann?", fragte er nach.

Ihre Augen wurden groß, als sie seinen zweifelnden Gesichtsausdruck bemerkte. Sie schluckte. „Ich wollte Sie loswerden."

„Ernsthaft?" Er klang nicht überzeugt.

Sie nickte. „Damit hat es zumindest angefangen." Sie holte ein Paar flache Sandalen aus dem Koffer und schlüpfte hinein. Dann blickte sie ihn an. „Aber nachdem ich Sie berührt hatte, hätte ich mich sehr über ein paar Stunden sexuellen Vergessens gefreut."

Seine Brauen zuckten. „Vergessens? Wo bleibt denn da der Spaß? Ich würde mich an jedes Detail erinnern wollen."

Plötzlich hämmerte ihr Herz wie verrückt. Gott, ja. Sie wollte mit diesem Mann definitiv irgendwann Sex haben.

„Sie müssen etwas essen und trinken, damit Sie genug Energie haben, um die Operation durchzustehen", erklärte Reilly und wechselte ohne mit der Wimper zu zucken zurück in die Rolle ihres Beschützers.

Ihre Lippen verzogen sich. „Sie lassen es klingen, als ob ich mich gleich in einen Faustkampf begeben müsste." Ihre eigenen Worte ließen sie zusammenzucken.

Das war die schreckliche Realität, wenn jemand, den man liebte, einen grün und blau prügelte. Die Erinnerung daran konnte einen genauso hart treffen wie die Schläge.

Das Mitleid in Reillys hellblauen Augen bewies, was sie schon vermutet hatte. Entweder hatte er ihre Unterhaltung mit Alex neulich mitgehört, oder Alex hatte ihm von ihrer Misshandlung erzählt.

Sie setzte sich auf das Bett und hasste die Tatsache, dass ihre Geheimnisse verraten worden waren. Sie wollte das Mitleid dieses Mannes nicht. Sie wollte das Mitleid von niemandem. „Lassen Sie's einfach", sagte sie knapp.

Er ging zu ihr und setzte sich neben sie. Er stieß sie mit seiner Schulter an, als ob sie ein paar Teenager wären. „Was soll ich lassen?"

Sie lachte zögernd auf. „Mich zu bemitleiden."

„Ich bemitleide Sie nicht. Ich bewundere Ihren Mumm, ihn verlassen zu haben. Das muss schrecklich gewesen sein. Und ich bewundere Ihre Bereitschaft, ihm heute Abend wieder entgegenzutreten."

„Das tue ich nur für meine Tochter. Ich würde alles für sie tun. Ich würde sterben, um sie zu beschützen." Ihre Hände ballten sich zu Fäusten.

„Dazu wird es nicht kommen." Er blickte sie unverwandt an. „So weit werde ich es nicht kommen lassen."

Sie war zu Selbsthilfegruppen für Opfer häuslicher Gewalt gegangen, und das hatte geholfen. Sie wusste, dass es beim Kreislauf der Gewalt um Macht und Kontrolle ging, nicht um Liebe. Aber tief in ihrem Inneren hatte sie immer einen kleinen Funken der Schuld verspürt – sie war naiv genug gewesen, sich in einen Missbrauchstäter zu verlieben. „Es war meine eigene Schuld. Ich hatte die falsche Entscheidung getroffen."

Reilly schob ihr den Teller mit dem Sandwich in die eine Hand, das Wasserglas in die andere. „Sie haben sich in einen Mann verliebt, der sie nicht verdient hat. Aber er ist derjenige, der die Entscheidung getroffen hat, Sie zu schlagen. Das ist seine Schuld. Es ist allein seine Schuld."

Jane biss in das weiche Brot. Das Salz der Butter und der saftige Schinken berührten ihre Zunge, und sie bemerkte, dass sie regelrecht am Verhungern war.

„Er hat Sie nicht verdient."

Sie blickte hinauf in Reillys Gesicht, war verblüfft, als sie erkannte, dass sie ihm scheinbar wirklich etwas bedeutete. Es war so lange her, seit sie sich einem anderen Menschen geöffnet hatte, ihm gestattet hatte, ihre Schwächen zu sehen.

„Essen Sie", ermahnte er sie.

Jane biss erneut in das Sandwich. Sie brauchte die Energie. Sie hatte nichts gegessen, seit all diese Leute im Château aufgetaucht waren, und ihr klargeworden war, dass Alex ihr nicht die Wahrheit darüber erzählt hatte, was los war. Jane hatte wütend auf ihn sein wollen, aber dann hatte sie sich in seine Lage versetzt. Er hatte dazwischen wählen müssen, ein Kind zu retten oder den Schmuggel einer biologischen Waffe zu verhindern.

Darüber musste man eigentlich gar nicht nachdenken. Es sei denn, es war das eigene Kind.

„Wussten Sie, was mit Ahmed los ist? Dass er ein mutmaßlicher Waffenhändler ist?", fragte sie Reilly. War sie die Einzige, die keinen Schimmer gehabt hatte?

Schmale Fältchen spielten in seinen Augenwinkeln, als er die Brauen zusammenzog, aber es lag eine Aufrichtigkeit in seinem Blick, bei der ihr der Atem stockte.

„Nein, das wusste ich nicht. Und ich glaube, Alex hatte auch nicht damit gerechnet, dass die Kavallerie heute hier auftaucht. Mein Auftrag war es, auf Sie aufzupassen, weshalb mir die Vorstellung überhaupt nicht gefällt, dass Sie jetzt Ihren Ex konfrontieren.“

Sie zuckte zusammen. Der Gedanke, nur ein Job zu sein, schmerzte.

„Hey“, sagte er und las scheinbar ihre Gedanken. „Das heißt ja nicht, dass es mir nicht gefallen hat, Ihr Personenschutz zu sein.“ Er schob ihr eine Haarsträhne hinter das Ohr. Sie schauderte, und er missverstand ihre Reaktion als Angst. „Nicht alle Männer sind Arschlöcher, wissen Sie?“

„Ich weiß.“ Sie zog die Schultern hoch und biss wieder in ihr Sandwich, wünschte sich, sie hätte nicht so verworrenen Gefühle für ihren Personenschützer. Was für ein Klischee war das denn bitte? Wie erbärmlich und verzweifelt war sie, sich von diesem Kerl so angezogen zu fühlen.

„Ich komme mir immer noch wie eine Idiotin vor, weil ich Ahmed geheiratet habe. Und ich bin mir nicht sicher, ob ich nicht wieder einen kolossalen Fehler begehe.“

Reilly presste die Lippen zusammen, und sie konnte nicht anders, als sich seinen Mund auf ihrer Haut vorzustellen.

„Wie wär’s, wenn ich Ihnen ein paar Selbstverteidigungstaktiken beibringe, wenn das hier vorbei ist? Falls Sie dann irgendwann wieder ‚einen Fehler‘ machen sollten“, seine Stimme wurde rau vor etwas wie Missbilligung, aber Jane glaubte nicht, dass sie ihr galt, „dann können Sie sich zumindest wehren.“

Sie nippte an ihrem Wasser und wischte sich mit ihrer zitternden Hand den Mund ab. Ihre Blicke trafen sich, und sie schaute ihn unverwandt an. „Ich bezweifle, dass wir uns wiedersehen, wenn das hier vorbei ist."

„Und wenn doch?" Sie erkannte nun mehr als nur professionelles Interesse in seinem Blick. „Was haben Sie denn zu verlieren, wenn ich Ihnen einfach nur beibringe, wie man jemandem solche Schmerzen zufügt, dass er nicht einmal mehr schreien kann?"

Was hatte sie zu verlieren? Nichts, das wurde ihr klar. Es würde sich gut anfühlen, zu wissen, wie sie sich wehren konnte. Es war langsam an der Zeit, ihre Angst konstruktiv zu nutzen. Das eigentliche Risiko lag darin, noch mehr Zeit mit Reilly zu verbringen – das Risiko einzugehen, sich mit jemandem anzufreunden, kam ihr viel furchteinflößender vor, als sich einen Liebhaber zu suchen.

Wenn sie Taylor zurückbekommen sollte, wäre es gut, in der Lage zu sein, sich und ihr Kind zu verteidigen. Wenn sie dazu nicht in der Lage wäre ... sie verbannte die Vorstellung aus ihren Gedanken.

„Das würde mir gefallen." Sie schaute hinunter auf ihren Teller und bemerkte, dass sie, obwohl sie geglaubt hatte, keinen Bissen runterzubekommen, das Sandwich weggeputzt und das Wasser so gut wie ausgetrunken hatte. Reilly hatte sie dazu gebracht, an etwas anderes zu denken als daran, ihrem Ex wieder gegenüberzutreten und ihre Tochter zu retten. Sie lächelte zurückhaltend.

„Das wäre also geklärt", sagte er. Als ob die Zukunft garantiert wäre.

Und die Vorstellung, ihn wiederzusehen, wenn all das hier vorbei war ... ihr gefiel nicht, wie aufgekratzt sie dieser Gedanke machte. Wie ein Teenie, der einen Blick auf seinen Schwarm erhascht hatte.

„Danke." Sie berührte seine Hand, und er wurde für einen

Augenblick ganz ruhig. „Für alles."

Reilly nahm ihr den Teller und das Glas aus der Hand und stand auf. Sie ertappte sich dabei, wie ihre Augen über seinen flachen Bauch und seine breite Brust wanderten, bis hinauf zu diesen ruhigen, intelligenten Augen, die vom gleichen Blau waren wie die Côte d'Azur. Er streckte die Hand aus und fuhr sanft über ihre Wange. Sein Mund verzog sich zu einem schiefen Lächeln. „Holen wir dein Kind zurück."

VIERZEHNTES KAPITEL

GANZ IN SCHWARZ gekleidet und mit einem wasserdichten Rucksack auf dem Rücken kletterte Alex das Tau an der Seite der *Fair Winds* hinauf und ließ sich über das Geländer auf das Deck gleiten. Flirrendes Lachen schwebte vom Heck des Bootes herüber, wo Masook mit seinen Gästen saß und Absacker trank. Informationen über die anderen Gäste hatten gezeigt, dass es potenzielle Investoren in Masooks legales Baugeschäft waren, das die Saudis expandieren wollten, vermutlich als Teil seiner Tarnung hier in Antibes. Sie schienen völlig unwissend in Hinsicht auf Masooks illegale Waffengeschäfte zu sein – oberflächlich gesehen zumindest.

Alle, außer Salamander.

Die Tatsache, dass Alex Salamander am liebsten eine Kugel zwischen seine zu eng zusammenstehenden Augen verpassen wollte, tat nichts zur Sache. Salamanders Tod war heute nicht seine Aufgabe, und Alex hatte mehr als genug Erfahrung darin, seine Emotionen beiseitezuschieben, wenn es sein musste.

Was auch immer Masook verkaufte, musste eine Menge Geld wert sein, wenn Charles Salamander es riskiert hatte, Marokko zu verlassen.

Alex hielt in den Schatten des Decks inne und warf einen Blick auf die *Ascension*. Noah Zacharias hatte sowohl ihn als auch die Russen im Auge. Der Kerl schickte einen Klick auf

Alex' Push-to-Talk-Headset, um ihm mitzuteilen, dass die Luft rein war.

Auf jedem der Decks gab es zwei Wachen. Alex kletterte die Leiter zum Helikopter hoch, der wie eine dicke, fette Hornisse dastand. Zuerst setzte er die Wache am Bug außer Gefecht und zog den bewusstlosen Mann in den Schatten, fesselte ihn und setzte sich den Ohrstöpsel des Kerls in sein eigenes Ohr. Leise ließ Alex die Waffe der Wache ins Wasser fallen und schlich zurück zum Helikopter.

Die zweite Wache patrouillierte die Reling und bewachte den Kai. Alex wartete ab, bis die Wache aus dem Sichtfeld der russischen Yacht verschwunden war, die auf der anderen Seite der *Fair Winds* ankerte. Er bezweifelte nicht, dass die Russen das Boot von Masook beschatteten, um die biologische Waffe nicht aus den Augen zu verlieren und mögliches *kompromittierendes Material* über die Gäste an Bord zu sammeln. Alex hatte kein Interesse daran, auf ihrem Radar aufzutauchen.

Er nahm die zweite Wache in den Schwitzkasten. Dann fesselte er seine Hand- und Fußgelenke zusammen und klatschte ihm einen Streifen Panzertape über den Mund. Er nahm ihm Funkgerät und Ohrstöpsel ab, bevor er sie mit einer stummen Entschuldigung an die Fische ins Wasser fallen ließ.

Sie hatten die beste Methode diskutiert, mit der der Helikopter flugunfähig gemacht werden konnte, und hatten sich für Logan Masters' Vorschlag entschieden, den Alex nun vorsichtig am Heckrotor anbrachte, bevor er den Zünder scharfstellte. Er wünschte, er wäre ein wenig gleichgültiger, was den Umgang mit Sprengstoffen betraf.

Er wand sich aus seiner dünnen, schwarzen Jacke, und ein weißes Hemd mit schwarzer Fliege und Manschettenknöpfen kam zum Vorschein. Alex trug schwarze Anzughosen und zog ein paar schwarze Lederschuhe aus seinem Rucksack, die er über seine nackten Füße streifte. Er hatte sich die Ausstattung von Frazer geliehen, der offensichtlich auf seinen inneren James Bond gehört hatte, als er für diese Mission gepackt hatte.

„Ich gehe jetzt unter Deck." Er bewegte kaum seine Lippen, aber Ashley Chen und Scarlett Stone, die für die Koordination der Kommunikation verantwortlich waren, würden es verstehen. Auf den Computern der Schiffsdesigner hatten sie eine Blaupause des Aufbaus der Yacht gefunden. Die größte Gefahr war es, unter Deck Bediensteten oder Sicherheitspersonal in die Arme zu laufen, aber sie hatten entschieden, dass es bei den Gästen an Bord effektiver wäre, als Bediensteter zu posieren, um sich unsichtbar zu machen, als heimlich über das Boot zu schleichen. Sich unter Leute zu mischen, ohne dabei aufzufallen, war eine von Alex' Paradedisziplinen, genau bis zu dem Augenblick, in dem er seine Waffe zog und abdrückte.

Auf dem Deck unter ihm konnte er die Gruppe lachen und sich auf Französisch unterhalten hören.

Salamanders abartiges Grinsen, als er ein Messer in die Hand nahm, reizte Alex' Erinnerungen, aber er schob es zur Seite. Er hatte nicht vor, heute Abend jemanden umzubringen, aber er würde die Biowaffe und das Kind da rausholen, und er würde tun, was auch immer nötig wäre.

Er öffnete eine Tür und ging einen langen, mit Teppich ausgelegten Korridor entlang. Dann hinunter zum nächsten Deck, dann zum nächsten, bis er auf der Etage ankam, in der Masook laut Wärmebildkameras die Waffe aufzubewahren schien.

Der Gedanke an biologische Waffen ließ seine Haut kribbeln. Wer machte so etwas? Schickte etwas los, das unschuldige Zivilisten ebenso wie Militärs angriff? Und wer konnte wissen, wie sich diese biologische Waffe verhalten würde, sobald sie die allgemeine Bevölkerung erreichte – wie sie sich verbreiten und mutieren würde. Kriegsführung war oftmals unethisch und illegal. Geheime Operationen umso mehr. Aber Alex hatte seine eigenen Ideale – Ideale, die er nicht kompromittieren würde. Der Gebrauch von biologischen oder chemischen Waffen überschritt eine Grenze, die er niemals gutheißen konnte, und er würde alles tun, um so ein Verhalten zu verhindern.

Alex probierte die Tür zu dem Zimmer, in dem sie die Waffe vermuteten. Das Büro von Masook. Die Tür war verschlossen, aber er braucht nur ein paar Sekunden, um sie zu öffnen. Leise ließ er die Tür hinter sich ins Schloss fallen, während Noah ihm mitteilte, dass an Deck alles ruhig war.

Alex begann, die Kabine im Schein des Lichts, das durch das Bullauge ins Zimmer fiel, systematisch zu durchsuchen. Eine Taschenlampe konnte er nicht riskieren, aber er brauchte auch keine. Auf dem Schreibtisch stand ein Laptop.

Er dachte an die Unterhaltung zwischen Masook und Salamander, die er mitgehört hatte. Wo würde Masook eine solche Substanz auf einem Boot wie diesem verstecken – auf einem Boot, auf dem sich auch seine achtjährige Tochter befand?

Alex blickte sich im Zimmer um und schob ein wunderschönes, abstraktes Gemälde mit einer Seelandschaft zur Seite. Und tatsächlich, ein schlanker, elektronischer Safe starrte ihn an.

Alex lächelte.

FÜNFZEHNTES KAPITEL

NACHTS WAR DER Hafen wunderschön, wie Jane feststellte, als sie auf den Kai zuging. Die Lichter des uralten Forts, der Häuser und der unzähligen Boote spiegelten sich auf dem ruhigen Wasser und erzeugten eine Szenerie, die auf eine Postkarte gehörte. Der Geruch von französischem Essen hing in der Luft, das Reden und Lachen tausender Menschen wurde von alten Steinmauern zurückgeworfen, war beruhigend normal in einer Welt, die auf den Kopf gestellt worden war, weil Jane wusste, was sich an Bord der Yacht ihres Ex-Mannes befand.

Eine kühle Brise strich über ihren Körper, und sie zitterte. Sie trug keine schusssichere Weste. Sie hatte sich schlichtweg geweigert, als Lincoln Frazer den FBI-Typen hatte heraushängen lassen und so tun wollte, als ob er ihr Boss wäre. Alex war zu dem Zeitpunkt schon verschwunden gewesen, andererseits hätte sie vielleicht nachgegeben. Aber sie war die einzige Person, die Ahmed heute Abend möglicherweise in die Hände kriegen würde, und sie würde die Operation nicht gefährden, indem sie eine auffällige schusssichere Weste trug.

Sie konnte einen Faustschlag aushalten.

Das hatte sie mehr als nur einmal bewiesen, aber sie würde auf keinen Fall diejenige sein, die diese Sache vermasselte. Sie hatte zu viel zu verlieren.

Zum ersten Mal in ihrem Leben war sie Teil eines Teams,

das ihr nicht nur dabei half, ihr Baby zurückzubekommen, sondern das es auch mit Waffenhändlern und Mördern aufnahm.

Das machte sie stolz. Und jagte ihr eine Heidenangst ein.

Ihre Arbeit im Gateway Project hatte sich zur damaligen Zeit richtig angefühlt. Der Unterschied war, dass diese Operation jetzt von Interpol unterstützt wurde und diese Typen auf legalem Wege vor Gericht gebracht werden würden. Das Gateway Project hatte gleichzeitig als Richter, Geschworener und Henker agiert. Das war falsch gewesen, aber sie hatte nie bereut, Pädophile und Serienmörder beseitigt zu haben. Diese Leute hatten zu viele Unschuldige umgebracht.

Aber es war dennoch falsch gewesen und sie war ebenso schuldig wie Alex Parker. Zumindest war er so ehrlich gewesen, abzudrücken, und nicht nur Informationen bereitzustellen und sich einzureden, an seinen Händen würde kein Blut kleben.

An ihren Händen klebte Blut. Literweise Blut.

Ihre niedrigen Absätze klackerten auf dem Kai, und ihre Schritte schienen zu tönen wie eine Totenglocke. Sie konnte die riesigen Yachten in der Ferne erkennen und zwang sich, nicht zu zaudern. Sie passierte die Luxusliner und die schnellen Autos, die Frauen in Prada und die Männer in Versace. Das war einmal auch ihre Welt gewesen, aber trotz allem Glanz und Glamours war es eine kalte und einsame Welt gewesen.

Sie rollte ihre Schultern aus und fragte sich, wo Reilly war. Vermutlich irgendwo vor ihr auf dem Pier.

Etwas in der Art und Weise, wie er sie anschaute, ließ sie erschaudern. Es war nicht nur Verlangen, es war nicht nur

Mitleid, es war kein Desinteresse. Es war … Interesse. Er war interessiert an ihr. Daran, wer sie war.

Wann war das bitteschön zum letzten Mal passiert?

Er hatte angeboten, ihr Selbstverteidigung beizubringen …

Diese Vorstellung war auf so vielen Ebenen verführerisch, sie konnte sich nicht gestatten, überhaupt daran zu denken. Sie wusste, wie man eine Waffe abfeuerte, aber die Vorstellung, mit einem Mann zu kämpfen und zu wissen, wie sie ihn davon abhalten konnte, ihr wehzutun, wie sie ihm weh tun konnte … das war etwas, das sie wollte. Sie wollte es wirklich. Und die Vorstellung, zusammen mit Jack Reilly ins Schwitzen zu kommen, während er ihr diese Dinge beibrachte? Das wollte sie auch. Aber zuallererst musste sie sich darauf konzentrieren, das Allerwichtigste in ihrem Leben zu retten.

Taylor.

Ahmeds Boot lag nun direkt vor ihr. Wusste der Mann, der es ihm geliehen hatte, von Ahmeds Nebenverdienst? Sie vermutete, dass NSA und CIA das in naher Zukunft gerne herausfinden wollten.

Wunderschöne Menschen in teuren Kleidern standen auf der Gangway, die von der Yacht auf den Kai führte. Glänzende, teure Autos parkten an der Kaimauer. Die Abendgesellschaft schien sich aufzulösen. Sie musste sich beeilen, wenn sie Zeugen haben wollte.

Jane hatte keinen Knopf im Ohr, weil ihr Team nicht wollte, dass Ahmeds Leute bemerkten, dass sie Hilfe hatte, falls sie geschnappt werden sollte. Sie war die Ablenkung. Aber sie hatte nicht vor, das schwächste Glied der Kette zu sein.

Und dort war er. Der Mann, den sie früher von ganzem Herzen geliebt hatte. Der Mann, dessen Kind sie geboren hatte. Der Mann, der sie öfter verprügelt hatte, als sie zählen konnte. Er sah noch immer markant und attraktiv aus. Gepflegt. Wache Augen. Intelligent. Gewalttätig. Gemein. Kleinlich. Bösartig.

Ihre Lungen zogen sich zusammen, als Angst und Hass sie beinahe überwältigten.

Wenn Taylor nicht wäre, hätte sie diesen Bastard schon vor Jahren erschossen, verdammt nochmal. Aber Jane wollte nicht, dass das ihr Vermächtnis war. Sie wollte ein guter Mensch sein. Eine gute Mutter. Sie musste den Selbstwert zurückgewinnen, den er ihr gestohlen hatte.

Als sie noch etwa zwanzig Meter vom Boot entfernt war, schaute Ahmed auf, und sein Blick landete unbeirrt auf ihr. Er hatte ihre Anwesenheit schon immer spüren können. Sein Rücken wurde gerade. Überraschung flackerte über sein Gesicht, wurde von Genugtuung abgelöst, dann von Wut und Beunruhigung.

Er sprach in ein Funkgerät, das an seinen Ärmelaufschlag befestigt war, und sie sah Schatten, die sich auf dem Deck bewegten.

Ahmeds Gäste schienen die plötzliche Anspannung in der Luft zu spüren und begannen, zügig auf ihre Sportwagen zuzugehen. Die Frauen würden sich mit ihren Killerabsätzen auf dem unebenen Pflaster dieser alten Straßen noch die Beine brechen.

Ganz offensichtlich wollte Ahmed abwarten, bis seine Gäste abgefahren waren, bevor er sie konfrontierte, aber das wäre dann ja keine Szene, oder?

„Hallo Ahmed. Ich will unser Kind sehen." Sie sprach deutlich und ruhig, und ihre Stimme hallte entschlossen über das Wasser.

„Wer ist das, Ahmed?", fragte ein großer Mann mit

französischem Akzent.

„Niemand. Eine Verrückte." Ahmed kam die Gangway herunter und versuchte, den Mann zu dessen Porsche zu drängen.

„Ich muss verrückt gewesen sein, dich zu heiraten und deinen Lügen zu glauben", fuhr Jane ruhig fort. Es half, Jack Reilly zu sehen, der langsam über den Kai in ihre Richtung geschlendert kam.

„Ist das Ihre Frau?", fragte der Mann.

„Ex", spuckte Ahmed verbittert aus.

Oh, er hasste sie noch immer dafür, dass sie sich von ihm hatte scheiden lassen.

„Ich dachte, Sie hätten gesagt, sie wäre tot, mon ami?"

Jane lächelte kühl. „Wenn es nach ihm gegangen wäre, wäre ich das wohl auch."

„Was soll das bedeuten?", fragte der große Franzose.

„Nichts. Sie ist eine gemeine Frau, die versucht hat, mich zu bestehlen …"

„Du hast mich bestohlen. Das Einzige, was mir etwas bedeutet. Unser Kind. Interpol hat eine Red Notice für deine Verhaftung ausgestellt, und ich verlange, dass du mir Taylor zurückgibst."

Die Gäste sahen etwas bestürzt aus, als sie das hörten.

Jane wurde lauter, aber ihre Stimme blieb ruhig. Niemand hörte auf hysterische Frauen. „Ich will mein Kind wiederhaben. Wenn du sie mir nicht zurückgibst, so wie es der richterliche Beschluss vorsieht, dann rufe ich die Polizei."

„Sie ist nicht hier." Jetzt sah Ahmed aus, als ob er langsam die Fassung verlieren würde. Hin- und hergerissen zwischen dem Bedürfnis, vor potenziellen Investoren nicht wie ein Arschloch dazustehen, und dem mutmaßlichen Wunsch, sie mit bloßen Händen hier und jetzt zu erwürgen, bevor sein geheimer Waffenhandel dank ihr vor die Wand fuhr.

Darauf konnte sie nur hoffen.

Die Gäste sahen einander unsicher an. Eines der Paare eilte zu seinem Auto, offensichtlich war ihnen diese Konfrontation unbehaglich. So war sie früher auch gewesen. Verängstigt. Erbärmlich. Die anderen Paare standen unschlüssig herum, wussten nicht, wie sie reagieren sollten.

„Vielleicht sollten Sie beide die Sache zivilisiert besprechen", versuchte es der Franzose. „Es ist sicher besser für das Kind, wenn Sie versuchen, diese Sache wie zwei vernünftige Erwachsene zu klären, anstatt sich zu streiten."

Jane neigte den Kopf zur Seite. „Ich habe meine Tochter seit vier Jahren nicht gesehen, weil ich dumm genug war, zu glauben, dass Ahmed sich wie ein vernünftiger Erwachsener verhalten würde. Er hat sie bei seinem ersten richterlich angeordneten Besuch entführt."

„Das ist eine Lüge!"

Zwei von Ahmeds Handlangern kamen die Gangway herunter. Gut. Wenn sie sich um Jane kümmerten, würden sie wohl kaum Alex in die Quere kommen.

„Das war natürlich erst, nachdem er mich während der drei Jahre unserer Ehe krankenhausreif geschlagen hat, wann immer er die Gelegenheit dazu hatte."

Einer von Ahmeds Schlägern griff nach ihrem Oberarm. „Gehen Sie jetzt."

„Bringt sie an Bord", blaffte Ahmed.

Sie wand sich aus dem Griff der Wache. „Damit du mich wieder verprügeln kannst? Mich diesmal vielleicht umbringen und meine Leiche im Mittelmeer versenken kannst?"

„Hey!" Die Stimme war sehr männlich und sehr

amerikanisch. Teuer und vertraut. Die Stimme, die sie in den letzten Tagen unaufhörlich beruhigt hatte. „Brauchen Sie Hilfe, Ma'am?"

Reilly.

Sie könnte sich ohne Weiteres in einen Mann wie Jack Reilly verlieben.

Der Motor des Bootes wurde gestartet, und alle blickten sich verwirrt um. Ahmed rannte zurück auf die Yacht, rief etwas auf Arabisch. Der Gestank von Dieselqualm erfüllte die Luft. Jane bemerkte, wie das Boot zum Ablegen bereitgemacht wurde, und wurde panisch. Das war nicht Teil des Plans. Einer von Ahmeds Männern versuchte, sie in Richtung der Gangway zu zerren, aber Reilly versetzte ihm einen Haken. Der große Franzose brüllte den anderen Schläger an, der aussah, als wollte er sich Jane schnappen. Stattdessen ließen die beiden Schergen sie los und sprinteten die Gangway hinauf, dann zogen sie den Steg an Bord. Das Boot begann, sich langsam von der Kaimauer zu entfernen.

Reilly schlang seine Arme um Jane, hielt sie fest, während sie schluchzte. „Was ist mit Taylor? Was ist…"

Er drückte ihr Gesicht an seine Brust und erstickte, was sie sagen wollte.

Jane krallte ihre Finger in sein T-Shirt. Tränen traten in ihre Augen und Verzweiflung stieg in ihr auf. „Ich werde mein Baby nie wiedersehen, oder?"

Reilly atmete tief ein und flüsterte leise in ihr Ohr. „Du musst Alex Parker vertrauen. Er wird Taylor beschützen. Er wird sie dir zurückbringen."

Sie würde sich nicht in die Knie zwingen lassen, aber sie war sich nicht sicher, ob sie noch immer an Wunder glaubte. Jane hob ihr Kinn und nickte, während sie dem Boot hinterherschaute.

Eine weitere Frage war, wer Alex beschützen würde? Die Chancen standen verdammt schlecht, jetzt, nachdem der ehemalige Auftragsmörder von seinem Team abgeschnitten war. Schuldgefühle stiegen in ihr auf. Sie hatte ihn in diesen Schlamassel mit hineingezogen, als er so angestrengt versucht hatte, zu entkommen und ein normales Leben zu führen. Wie sollte sie jemals damit leben können, wenn ihm etwas zustieß? Wie sollte sie jemals Mallory Rooney gegenübertreten, wenn sie die Schuld an Alex' Tod trug?

SECHZEHNTES KAPITEL

F RAZER STAND IN einem Stripclub in der schäbigeren Ecke der französischen Riviera. Zwei mutmaßliche Al-Quaida-Mitglieder saßen in der ersten Reihe mitten vor der Bühne, während ein weiterer Möchtegern-Jihadist gerade auf dem Klo war. Frazer konnte kein Interesse an den nackten Frauen auf der Bühne vortäuschen, also schaute er dem Treiben mit einer Mischung aus Langeweile und Zynismus zu, die genau an einen Ort wie diesen hier passte. Die Frauen in diesem Club hatten offensichtlich keinen Spaß an ihrem Job. Frazer war klar, dass viele von ihnen entweder verschleppt worden oder Junkies waren oder – in den meisten Fällen – einfach Geld verdienen mussten, um ihre Familien durchzubringen.

Es war schwer, von Ausbeutung und Verzweiflung angetörnt zu werden.

Sein Handy klingelte. Chen. „Masook hat die Beine in die Hand genommen und ist aus dem Hafen verduftet, sobald er Jane gesehen hat. Alex ist immer noch an Bord mit Masook und dem Marokkaner. Killion sprintet gerade zur *Ascension*, um ihnen zu folgen."

Frazer fluchte. Das waren keine guten Neuigkeiten, aber sie konnten ihren Plan jetzt nicht abbrechen. Alex konnte auf sich selbst aufpassen, und auch auf das Mädchen. Hoffentlich. Noch während Frazer das dachte, schossen die Befürchtungen durch ihn hindurch. Wenn dem Kerl irgendetwas zustoßen sollte, würde er sich das nie verzeihen können.

Und noch wichtiger, Mallory würde ihm nie verzeihen können.

„Okay. Lassen wir Interpol auf die Beteiligten zugreifen, die wir observieren." Diese Terroristen mussten aufgehalten werden.

Es herrschten ein paar Augenblicke Stille, während Chen ihren Kontakt anrief, dann war sie wieder in der Leitung. „Erledigt. Sie teilen sich in Teams auf. Voraussichtliche Ankunftszeit zehn Minuten. Logan, Noah und Killion sind mittlerweile alle wieder auf der *Ascension*. Sollen sie weiterhin das Boot des Russen beschatten oder Masook folgen?"

Frazer musste auf dem Boot sein, bevor es den Hafen verließ.

„Schicken Sie Matt los, damit er Masook verfolgt. Er ist weniger auffällig. Ich bin auf dem Weg zum Hafen. Ich komme, so schnell ich kann. Haben Sie eine Videoübertragung von Alex' Handy?"

Chen lachte, trotz der Anspannung. „Ausnahmsweise ja. Ich kann ihn sehen."

„Was auch immer passiert, verlieren Sie auf keinen Fall dieses Boot aus den Augen."

„Aye, aye, Captain."

Der dritte Al-Quaida-Verdächtige kam mit einem Lächeln auf dem Gesicht von der Toilette zurück. Frazer vermutete, dass er einen privaten Lapdance in einem der Hinterzimmer erhalten hatte. Einer der anderen beiden Männer stand auf und ging in dieselbe Richtung davon.

Frazer schaute auf seine Uhr. Diese Typen würden noch eine Weile beschäftigt sein, und selbst wenn nicht, er musste Alex helfen. Er schlüpfte hinaus an die frische Luft und sah am entfernten Ende der schmalen Straße die ersten Anzeichen von Polizeiaktivität. So sehr er auch bleiben und sich die Show anschauen wollte, er hatte andere Sorgen. Wenn Alex es nur mit Masook aufnehmen müsste, hätte Frazer sich keine Gedanken gemacht, aber der Marokkaner, Charles Salamander, hatte einen ganz üblen Ruf.

Frazer eilte zurück auf die Hauptstraße und winkte ein Taxi heran. Die Kacke fing gerade an, so richtig schön zu dampfen.

SIEBZEHNTES KAPITEL

ALEX HATTE GERADE den Safe geöffnet, als er hörte, wie der Motor des Boots gestartet wurde.

„Masook ist auf der Flucht. Jane ist in Sicherheit, sie ist mit Reilly auf dem Kai." Noah schickte die Worte durch seinen Ohrstöpsel.

Scheiße.

Im Safe lag ein leuchtend roter, wasserdichter Behälter. Alex nahm ihn heraus und öffnete vorsichtig den Deckel.

Fünf kleine Glasviolen lagen neben einer Reihe von Spritzen und einigen Latexhandschuhen in dem Etui. Vier der Violen waren mit einem Pulver von der Farbe gemahlener Knochen gefüllt und mit der Aufschrift Bacillus Anthracis versehen.

Alex runzelte die Stirn. Anthrax?

Vermutlich enthielt die fünfte Viole das Gegenmittel.

Alex war während seiner Zeit in der Armee gegen Anthrax geimpft worden und hatte jährliche Wiederauffrischungen bekommen, als er für die CIA gearbeitet hatte. Seit ein paar Jahren hatte er nun keine Impfungen mehr erhalten, aber er sollte noch einen Rest Immunität aufweisen können, was ihm vielleicht – oder vielleicht auch nicht – das Leben retten würde, wenn er sich infizieren sollte. Nicht, dass er diese Hypothese testen wollte.

So tödlich Anthrax ohne Zweifel war – eine biologische

Waffe der Kategorie A, die das höchste potenzielle Risiko barg –, es ergab keinen Sinn, dass so viele Käufer um diesen Organismus des Todes wetteiferten, wenn man bedachte, wie viele Länder ihre eigenen Programme für biologische Waffen hatten. Es sei denn, es war auf irgendeine Art für den Gebrauch als Waffe weiterentwickelt worden …

Na großartig.

Durch den Ohrstöpsel der Wache konnte Alex hören, dass ein Aufruhr im Gange war. Schnell ließ er den Deckel des roten Behälters zuschnappen, machte den Safe zu und hängte das Bild wieder an die Wand, die ihn verdeckte. Er nahm Masooks Laptop, steckte ihn in zwei große, versiegelbare Plastiktüten, dann stopfte er ihn in eine Laptoptasche, die auf dem Boden stand, und befestigte ein Knicklicht am Gurt der Tasche. Der harte, wasserdichte Behälter würde nicht in das Reißverschlussfach der Laptoptasche passen, also befestigte er auch diesen am Gurt der Tasche und warf sich dann die ganze Ladung über die Schulter. Mit der rechten Hand holte er seine SIG Sauer hervor, dann ging er zur Tür.

Wenn er den Laptop und das Anthrax über Bord werfen konnte, könnte Matt die Tasche aus dem Wasser fischen. Dann würde sich Alex das Mädchen schnappen und mit ihr an Land schwimmen. Die französischen Behörden würden Masook festnehmen, ebenso wie alle anderen Beteiligten, wenn es ihnen gelegen kam. Auf ihr eigenes Risiko hin. Alex musste auf eine Hochzeit. Er verdrängte Charles Salamander aus seinen Gedanken. Er hatte Besseres zu tun, als an Vergeltung zu denken.

Vielleicht war er doch nicht so pechschwarz in seinem Inneren, wie er manchmal befürchtete.

Er schlüpfte aus dem Büro, aber er hörte Schritte, die die

Treppe am Ende des Korridors herunterkamen. Alex verschwand in eine dunkle Kabine, die glücklicherweise leer war, und lauschte an der Tür. In seinem Ohr hörte er jede Menge arabisches Stimmengewirr von Masooks Sicherheitsleuten. Dann erklang deutlich ein gedämpfter Schuss.

Scheiße.

Jemand war am Schießen.

Alex blickte sich um und versuchte, das Bullauge zu öffnen, aber es war verschlossen. Sie fuhren aus dem Hafen hinaus aufs Mittelmeer.

Laute Stimmen im Flur ließen ihn erstarren. Sie sprachen Arabisch, aber er verstand jedes Wort.

„Sie werden nie wieder arbeiten." Masook. Mit wem sprach er?

„Ah, mein Freund, natürlich werde ich das." Salamander. Scheiße. Alex wurde ganz still, als der vertraute Hass und die Abscheu in ihm aufstiegen. „Wenn Sie schlau sind, dann arbeiten Sie mit mir zusammen."

„Mit Ihnen?" Masook klang feindselig. „*Für* Sie, meinen Sie wohl." Er war kein Narr.

„Für mich zu arbeiten ist immer noch besser als tot zu sein, nicht wahr?", fragte Salamander.

„Warum machen Sie das? So arbeiten wir nicht. Ihr Klient hätte mehr bezahlen sollen", beschwerte sich Masook.

„Mein Klient will nicht einfach nur, was Sie anbieten. Er will auch den Lieferanten."

Das wollte Alex auch, aber er würde ihn auch ohne Masook finden.

Masook lachte säuerlich. „Sobald ich Ihnen das verrate, bringen Sie mich doch auf jeden Fall um."

Salamanders aalglatte Antwort schlängelte sich unter der Kabinentür durch. „Vielleicht. Vielleicht auch nicht."

Noch mehr undeutliche Geräusche, als ob jemand zu ihnen treten würde.

„Aber wenn Sie es mir nicht sagen, bringe ich Ihre Tochter um."

Alex schnappte nach Luft.

„Wie nachlässig, ein Kind mit auf eine Geschäftsreise zu bringen."

Taylor schrie auf. Alex schloss die Augen. Diese Operation flog ihnen plötzlich so richtig um die Ohren, und das alles nur, weil Charles Salamander ein hinterhältiger Verräter war. Wenn Alex vor all diesen Jahren doch nur abgedrückt hätte…

„Lassen Sie mich los!" Taylor Masooks Schrei ließ Alex seinen Nacken dehnen. Die Chancen, rechtzeitig auf seiner eigenen Hochzeit aufzutauchen, schwanden immer mehr, aber Mallory würde an seiner Stelle sicher nicht hier hinter dieser Tür stehenbleiben, wenn ein Kind in Gefahr schwebte.

Salamanders Tonfall wurde herablassend und er wechselte ins Englische, auch wenn Taylor Arabisch sprach. „Ich werde dir nicht wehtun, meine Kleine. Ich will nur etwas, was dein Vater hat."

„Das ist stehlen! Sie sind ein böser Mann. Aua, Sie tun mir weh!" Wieder schrie sie auf.

„Dein Daddy ist auch ein böser Mann. Er verkauft tödliche Waffen an Terroristen, aber du lebst in einer Fantasiewelt, Kind."

„Sie lügen! Mein Daddy würde so etwas nicht tun."

Das arme Mädchen. Ihre Träume würden zerstört werden, so oder so, falls sie so lange überlebte. Mit der Laptoptasche auf dem Rücken legte Alex die Hand auf die Türklinke. Zeit,

Salamander ein für alle Mal loszuwerden.

„Ich will den Namen des Wissenschaftlers, der es hergestellt hat, ansonsten verpasse ich Ihrem armen, süßen Mädchen eine Kugel."

Alex hielt inne.

„Tun Sie ihr nichts! Ich werde Ihnen verraten, was ich weiß, aber ich kenne seinen Namen nicht. Lassen Sie mich meinen Laptop holen. Ich zeige Ihnen meine Korrespondenz und wie wir die Zahlungen tätigen. Aber lassen Sie sie gehen. Dieser Mann ist sehr nervös. Er hat Angst, das FBI könnte ihn beschatten."

Das FBI? Was zum Teufel? Hatten sie es mit einem amerikanischen Verräter zu tun?

„Er wird nur mit mir Geschäfte machen. Ohne mich werden Sie ihn nie finden." Masook klang verzweifelt.

Salamander genoss die Angst anderer.

Alex' Zeit war um. Sobald Masook feststellte, dass der Laptop verschwunden war, würde er wissen, dass er bestohlen worden war. Und er konnte nicht sagen, was Salamander dann mit dem Kind machen würde.

Alex trat aus dem Zimmer und verpasste dem nächststehenden Schläger zwei Kugeln. Das Kindermädchen, das dieser als Geisel benutzt hatte, sackte schweratmend gegen die Wand. Alex drehte sich um, und bevor Taylor Luft geholt hatte, um zu schreien, zielte er schon mit seiner SIG zwischen Salamanders aufgerissene, braune Augen. Er sah einen Funken des Wiedererkennens, hielt aber nicht inne, sondern drückte ab.

Klick.

Zum ersten Mal während einer Mission klemmte Alex' Waffe. Er hechtete nach der Waffe des toten Bodyguards und rollte durch den Gang, trat die Tür zur nächsten Kabine auf, während die Kugeln ihm pfeifend folgten und die dünne Wand hinter ihm mit Einschusslöchern übersäten. Taylor schrie so schrill, dass Alex glaubte, die Fensterscheiben würden gleich zerspringen.

Er säuberte die SIG und kontrollierte die andere Waffe. Beide waren nun entsichert und geladen.

„Ah, Mr. Parker", rief Salamander. „Wie schön, Sie nach all den Jahren wiederzusehen. Kommen Sie raus da und bringen Sie die Proben mit, dann werde ich Masooks Kind nichts antun."

Alex presste die Lippen zusammen. Alles, was er brauchte, war ein ungehinderter Schuss. „Sie haben drei Sekunden. Drei, zwei, eins…"

Alex hatte keine Wahl. Er kam aus der Kabine und zielte mit seiner Pistole auf Salamander, aber der hatte sich komplett hinter der Nanny verschanzt. Ein weiterer von Salamanders Schergen hielt Taylor um die Hüfte fest wie eine Lumpenpuppe. Masook war nirgendwo zu sehen.

Alex neigte den Kopf ein wenig zur Seite, als er sich umschaute. „Eine Frau als Schutzschild benutzen, Salamander?"

Er entdeckte den Anflug eines Lächelns, als sich diese Schlange hinter die völlig verängstigte Nanny duckte. Vielleicht war sie tatsächlich nur eine Angestellte.

„Ah, ich habe Sie vermisst, Alex." Salamander schien hocherfreut über diese Wendung der Ereignisse zu sein. „Ich habe gehört, Sie hätten ihre Position bei der CIA niedergelegt, aber diese Gerüchte waren offensichtlich falsch."

Die Aufregung in seiner Stimme kroch langsam über Alex' Haut.

„Es ist eine Schande, dass ich Sie jetzt umbringen muss."

Salamander hob seine Pistole, aber Alex schoss sie dem Mann aus der Hand. Salamander schrie schmerzerfüllt auf, schaffte es aber, seinen verletzten Arm um den Hals der Nanny zu schlingen. Blut rann über ihre Brust und tropfte auf den cremefarbenen Teppich. Die unausgesprochene Drohung war eindeutig. Komm näher, und die Nanny stirbt.

Der Handlanger, der Taylor festhielt, hob seine Waffe, um auf ihn zu schießen, aber Alex verpasste ihm eine Kugel direkt zwischen die Augen. Das kleine Mädchen schrie auf, und Alex zuckte zusammen. Jane würde ihn vermutlich dafür umbringen, ihre Tochter derart traumatisiert zu haben.

Ein derber Fluch erschallte aus Masooks Büro. Mit Sicherheit suchte er gerade wie wild nach den Kugeln für die Pistole, die er in seiner Schreibtischschublade aufbewahrte. Sie steckten in Alex' Tasche.

Taylor stolperte von dem toten Bodyguard fort und rannte zu ihrem Vater.

Verdammt.

Alex ging auf den Mann zu, den er vor Jahren schon hätte umbringen sollen – aber wenn er das getan hätte, wäre er Mallory nie begegnet. Hätte niemals wahres Glück erfahren. All seine Qualen war es am Ende wert gewesen.

„Lassen Sie Josette gehen", sagte Alex ruhig zu Salamander. „Und ich werde Sie nicht umbringen."

Salamander lachte und warf einen Blick hinter sich, als ob er erwartete, gerettet zu werden. „Sie werden mich nicht umbringen. Sie und ich sind unzertrennlich verbunden. Im kosmischen Universum können Sie mich ebenso wenig umbringen, wie ich Sie. Warum, glauben Sie denn, habe ich Sie all die Jahre in Ruhe gelassen?"

„Verbunden?" Alex lachte hämisch auf. „Durch die Narben auf meinem Rücken, meinen Sie?"

„Aber das sind doch nur Narben, mein Freund. Sie haben überlebt, um ihre Geschichte zu erzählen, oder etwa nicht?"

Wenn das Salamanders Vorstellung von Erbarmen war, dann konnte er ihn mal. Alex trat einen weiteren Schritt vor und kam an der Tür zu Masooks Büro an. Masook richtete eine Pistole auf ihn.

„Legen Sie die weg, wenn Sie leben wollen", befahl Alex ihm.

Zitternd legte Masook die Pistole auf den Schreibtisch. Alex hatte nicht geglaubt, dass der Mann so clever sein würde.

Das kleine Mädchen starrte ihn mit riesigen, angsterfüllten Augen an, die Alex an ihre Mutter erinnerten. „Es ist schon okay, Taylor. Ich werde dir nichts tun."

Masook klappte der Mund auf. „Jane. Sie arbeiten mit Jane zusammen."

„Wer ist Jane?", fragte Taylor.

Masook sah plötzlich geschlagen aus.

Alex behielt ihn und Salamander im Auge. Er traute keinem von beiden. Die Nanny hatte bisher kein Wort gesagt, aber sie sah angemessen verängstigt aus. Hatte er sich in ihr geirrt?

„Ich bin mit einer gemeinsamen Sondereinheit von FBI, CIA und Interpol hier. Aber Sie haben recht. Taylors Mutter ist der eigentliche Grund, weshalb ich hier bin."

„Meine Mommy ist tot", sagte Taylor traurig.

„Haben Sie mit dieser Hure geschlafen?", fauchte Masook ihn an.

Wow. Ganz schön viel aufgestaute Wut, die da durchbrach.

Taylors Mundwinkel zogen sich nach unten und sie schlang die Arme fest um ihren Brustkorb.

Alex wollte schon den Kopf schütteln, als Salamander mit einem dreckigen Grinsen verlauten ließ: „Und Sie lassen die ganze Welt glauben, Hals über Kopf in Ihre hübsche FBI-Agentin verliebt zu sein."

Alex' Welt kam zum Stillstand und verengte sich auf einen einzigen Punkt.

„Was wissen Sie schon über meine hübsche FBI-Agentin?", fragte er leise.

Alex beobachtete, wie Salamander beinahe in Zeitlupe in die Knie ging, um nach der Waffe der Wache zu greifen, die auf dem Boden lag. Alex ließ ihn machen, ließ ihn das kalte, stumpfe Metall berühren, ließ ihn seine Finger um den Griff legen.

Vielleicht wurde der Nanny klar, dass Alex auch durch sie hindurchschießen würde, wenn nötig. Oder sie erkannte die Wahrheit in seinen Augen. Sie ließ sich auf die Knie fallen und Alex drückte zweimal in schneller Folge ab, versenkte zwei Kugeln im Schädel dieses Bastards. Salamander war tot, noch bevor er auf dem Boden aufschlug.

Der Knall einer weiteren Waffe hallte durch den Korridor und überraschte ihn. Die Hitze einer Kugel verbrannte seinen Oberarm und schlug in den Laptop auf seinem Rücken ein.

Verdammt. Masook musste Munition bei sich getragen haben.

Und dort stand die kleine Taylor, starrte ihn an, und Alex fand sich im exakt gleichen Dilemma wieder, das ihn beim ersten Mal in ein marokkanisches Gefängnis gebracht hatte – er war unfähig, einen Mann vor seinem Kind umzubringen.

Masooks Finger legte sich wieder auf den Abzug, und

diesmal zielte er auf Alex Kopf. Alex sprang aus der Schusslinie, bevor die Kugel in die Wand hinter ihm einschlug.

Verdammte Scheiße.

Wieder schrie Taylor auf. Josette stand unsicher im Gang. Warum zur Hölle rannte sie nicht davon?

„Gehen Sie schon." Er winkte Josette vorwärts.

„Wollen Sie mich auch als Schutzschild benutzen?", fragte sie und ihre Lippen verzogen sich angewidert.

„Ich will Sie nur da wissen, wo ich Sie auch sehen kann, Lady."

Masook kam in den Flur, schob Taylor vor sich. Allein dafür hätte Alex ihn am liebsten umgebracht.

„Legen Sie noch einmal ihren Finger auf den Abzug und ich verpasse Ihnen eine Kugel zwischen die Augen, Masook", warnte er.

Masook wurde kreidebleich und ließ tatsächlich den Finger vom Abzug, weshalb Alex sich fragte, ob der Kerl keine Munition mehr hatte. Zumindest war er ein lausiger Schütze.

Alex hatte diese Operation vermasselt. Zuerst hatte seine eigene Waffe geklemmt, dann hatte er Masook eine brauchbare Pistole überlassen.

„Es ist egal." Die Nanny leckte sich über die trockenen Lippen. „Wir sind sowieso schon alle tot."

„Was?" Alex runzelte fragend die Stirn.

Die Nanny nickte langsam auf seine Laptoptasche und Alex zog sie am Gurt nach vorn. Und tatsächlich, da war ein Einschussloch, wo Masooks Kugel den Plastikbehälter durchschlagen hatte. Eine feine Staubspur des weißen Pulvers bedeckte das schwarze Material der Tasche.

„Was ist das?", fragte Alex drängend.

Masooks Augen wurden groß und er schien zu schwanken, legte seine Hände auf den Schultern seiner Tochter ab. „Schnell. Holen Sie den Impfstoff heraus. Es ist genug für Sie drei da."

„Warum nicht für Sie?" Alex zog die Tasche über seinen Kopf und stellte sie auf dem Boden ab.

„Ich habe darauf beharrt, geimpft zu werden, bevor ich diese Transaktion durchgeführt habe."

„Anthrax?"

Masook nickte. „Aber eine aggressive und schnell reagierende Art. Sie haben nur noch Minuten zu leben. Injizieren Sie den Impfstoff in ihre Blutbahn, und Sie überleben womöglich." Masook blickte auf seine Tochter hinunter. „Bleib bei diesem Mann, Taylor. Ich werde dich eines Tages holen kommen." Und damit drehte Masook sich um und rannte davon.

Alex fluchte. Ganz egal, was passierte, Masook würde nicht weit kommen.

Taylor wollte ihrem Vater hinterherrennen, aber Alex griff nach ihrem Arm.

„Lass mich dir erst die Injektion verabreichen, Süße, damit du nicht krank wirst. Dann suchen wir deinen Daddy." Dieses verfluchte Arschloch.

Er öffnete das zersprungene Etui.

Die Zeit kam zum Stillstand und eine Million zusammenhangloser Gedanken rasten durch seinen Kopf, bevor alles in ihm zersplitterte. Er starrte auf die Reihe an Glasfläschchen in ihren Schaumstoffeinsätzen. Die Kugel hatte eine der Violen mit dem Gift zerstört, aber auch die Viole mit dem flüssigen Impfstoff. Sein Blick schnellte zur Nanny, dann starrte er das Kind an, das ihn mit großen, vertrauensvollen, blauen Augen anschaute, auch wenn sie gesehen hatte, wie er innerhalb von Minuten drei Männer umgebracht hatte.

Es gab keinen Impfstoff mehr.

Er wollte Taylor sagen, dass alles in Ordnung kommen würde, aber er brachte diese Lüge nicht über die Lippen.

Wenn es stimmte, was Masook gesagt hatte, dann standen die Chancen gut, dass Alex Mallory am kommenden Samstag nicht heiraten würde. Dass er nie Vater werden oder jemals sein Kind kennenlernen würde.

Alex war ein toter Mann.

ACHTZEHNTES KAPITEL

„ZURÜCK MIT EUCH." Vorsichtig stellte Alex den kaputten Behälter auf dem Fußboden ab.

Die gefährlichste Art der Anthrax-Infektion entstand durch das Einatmen der Erreger, also achtete er darauf, so flach wie möglich zu atmen, aber wenn Masook die Wahrheit darüber gesagt hatte, dass diese Art der Bakterien besonders gefährlich war, dann standen die Chancen nicht schlecht, dass er schon längst am Arsch war.

Nur noch Minuten zu leben.

Was für eine Scheiße.

Er wollte Mallory anrufen und ihr sagen, dass er sie liebte, aber er musste sich auch um unschuldige Opfer kümmern und einen Verbrecher aufhalten. „Geht in das Bad dort drüben, befeuchtet ein paar Handtücher und haltet sie euch vor Mund und Nase."

Taylor und die Nanny verschwanden im Badezimmer und Alex zog sein Hemd und seine Hose aus und legte sie über die Laptoptasche, in der Hoffnung, die Ausbreitung der Sporen einzudämmen. Er gestattete dem Funken der Verzweiflung, sich langsam durch ihn hindurchzuarbeiten. Gottverdammt. Er hatte sich nie vorgestellt, dass diese Mission so enden würde, hatte sich niemals vorgestellt, dass er endlich für seine Sünden würde büßen müssen. Er zog sich bis auf die Boxershorts aus und kontrollierte seine Waffen.

Etwas schien in seinem Hals zu kratzen und er hustete, Panik kratzte an seinem Verstand. Er schob es zur Seite. Selbst wenn er sterben sollte, er hatte immer noch einen Job zu erledigen.

Er würde nicht zulassen, dass irgendjemand diese Krankheit weiterverbreitete. Masook mochte vielleicht immun sein, aber sein ganzer Körper war von Sporen übersät und er würde sie mit unvorhersehbaren Folgen weiterverteilen. Alex wusste, was er zu tun hatte. Er nahm seine SIG in die Hand.

„Passen Sie auf das Mädchen auf", rief er Josette zu.

Alex wollte nicht, dass Taylor sah, wie ihr Vater starb. Sie war in diesem Albtraum unschuldig und womöglich würde sie bald sterben müssen. Er musste sich beeilen.

Alex rannte die Treppen hinauf, dankbar dafür, immer noch mobil zu sein. Wer wusste schon, auf was für eine brutale Art und Weise dieses Zeug ihn umbringen würde.

Die Lichter von Antibes leuchteten schon ganz klein und verblasst in der Ferne. Auch eine gute Sache – ein geringeres Risiko, dass die Sporen es bis an Land schaffen würden. Als Alex auf dem Oberdeck ankam, rief er Frazer an.

„Alles in Ordnung?", fragte Frazer.

„Nicht wirklich." Alex zwang die Worte an dem Kloß in seinem Hals vorbei.

„Hast du das Mädchen?"

„Sie ist hier."

„Und die Waffe."

„Ich habe sie."

„Was ist dann das Problem?"

Frazer war immer schwerer zu verstehen, weil die Rotoren des Helikopters unfassbar laut ratterten.

Masook versuchte, zu flüchten, ließ seine Tochter zurück,

überließ sie möglicherweise einem furchtbaren und schrecklichen Tod. Alex lief schneller, aber das Arschloch hob bereits ab, kümmerte sich nicht darum, dass er das Gift womöglich weiterverbreitete. Alex sprintete über das Deck zu der Stelle, wo er vorhin den gefesselten und geknebelten Bodyguard zurückgelassen hatte. Der Kerl war endgültig ausgeschaltet, hatte eine Kugel im Schädel stecken. Verdammt.

Alex griff nach den Sachen, die er vorhin hier an Deck deponiert hatte, und schlüpfte in einen dünnen, schwarzen Kapuzenpulli, zuckte kurz zusammen, als der Stoff die Wunde berührte, die ihm der Streifschuss vorhin zugefügt hatte. Wenigstens tarnte die Jacke seinen blassen Oberkörper in der einsetzenden Nachtschwärze. Er hielt sich nicht mit der schusssicheren Weste auf. Eine Kugel mochte sogar wünschenswerter sein als an dieser gottverdammten, heimtückischen Infektion zu sterben.

Vermehrten sich die Bakterien gerade in seiner Lunge? Multiplizierten sie sich in seinen Zellen?

Endlich war der Helikopter weit genug entfernt, dass er Frazer wieder reden hören konnte. „Hör zu", unterbrach er ihn. „Eine der Giftviolen ist während einem Schusswechsel zerbrochen. Laut Masook enthielt sie eine sehr aggressive Form von Anthrax." Tränen brannten in Alex' Augen und die Emotionen schnürten ihm den Hals zu. Oder vielleicht war er wirklich ein herzloser Bastard und es war nur die scharfe Meeresbrise.

Oder vielleicht war es das Anthrax.

„Nimm das verfluchte Gegenmittel!"

Er hatte Frazer noch nie so panisch gehört.

„Das ist auch zerschossen worden."

„Alex…" Frazer klang düster. „Ich schwöre dir, wenn du

jetzt stirbst, bring ich dich um. Besorg' mir Informationen über den Lieferanten. Wir lassen mehr Impfstoff liefern, Antibiotika… Die Hochzeit kann verschoben werden."

Gott, die Hochzeit…

Nach all seinen Versprechen an Mallory würde Alex sie jetzt so furchtbar im Stich lassen. Würde sie ihr gemeinsames Kind allein aufziehen lassen. Er schluckte. Reiß dich zusammen, du Idiot. Er hatte keine Zeit für Schwäche. Er hatte in der wenigen Zeit, die ihm blieb, noch viel zu viel zu tun.

„Masook sagte, dass wir innerhalb von Minuten tot sein werden, das war vor fünf Minuten. Er ist im Helikopter, bedeckt von Sporen. Ich werde ihn aufhalten, damit er dieses Zeug nicht weiterverteilen kann. Lass niemanden an Bord der *Fair Winds* kommen, es sei denn, sie tragen Schutzanzüge. Und erzähle Mallory nichts davon. Wenn ich euch nicht mehr sprechen sollte, sag ihr, dass ich sie liebe."

„Sag's ihr selbst." Frazer klang wütend, aber Alex kannte ihn gut genug, um zu wissen, dass der Kerl so mit seinen Gefühlen umging.

Wer hätte gedacht, dass Alex den warmen und kuschligen Part in ihrer Beziehung übernehmen würde. „Es ist nicht deine Schuld, Linc."

Alex legte auf und wählte eine andere Nummer, die er vor kurzem auswendig gelernt hatte. Es dauerte nur einen Moment, bis die Verbindung stand. Die Explosion verwandelte den Heli über dem dunklen Wasser in einen Feuerball, brennendes Metall regnete aus dem Nachthimmel ins Mittelmeer.

Das sollte ausreichen, um die Sporen zu zerstören.

Dann hörte ein anderes Geräusch. Das eines Außenbootmotors. Verdammt. Er durfte nicht zulassen, dass irgendjemand dieses Boot verließ. Selbst eine einzige Viole mit herkömmlichem Anthrax reichte aus, um hunderttausende Menschen umzubringen. Und diese Art war vermutlich noch tödlicher.

Eilig lief Alex zur Backbord-Reling. Josette hatte ein kleines Motorboot ins Wasser gelassen.

Er zielte mit der Pistole auf sie und feuerte einen Warnschuss ins Wasser ab. „Ich werde nicht zulassen, dass Sie Menschenleben riskieren, Josette. Ich werde Sie umbringen."

Er hörte Schritte näherkommen und drehte sich um.

Taylor linste über die oberste Treppenstufe. „Bitte erschießen Sie mich nicht. Josette hat gesagt, ich soll Ihnen das hier geben, als ‚Angebot in Treu und Glauben'." Das Mädchen kam an Deck und hielt ihm vorsichtig ein Glasfläschchen hin.

Ein Herz von der Größe Texas' schlug Alex im Hals, als er ihr das Fläschchen abnahm. Es war eine Viole, genau wie die in Masooks Safe.

„Hat sie das aus dem roten Etui genommen, das zerschossen wurde?", fragte er das Mädchen.

Taylor schüttelte den Kopf. „Sie hat es aus ihrem Zimmer geholt. Sie hat gesagt, wir sind nicht in Gefahr. Sie hat gesagt, ich muss nicht sterben."

Alex betrachtete die Ernsthaftigkeit in Taylors Gesicht, dann starrte er über den Lauf seiner Pistole hinweg auf die Nanny. Er hatte recht gehabt, der Frau nicht zu vertrauen, aber er fühlte sich kein bisschen besser deswegen.

Er betrachtete die Viole, während Josette ablegte. Sie hielt einen wasserfesten Behälter in die Höhe, einen Behälter, der genauso aussah wie der, den Alex aus Masooks Safe gestohlen hatte. Ohne Einschussloch.

„Ich habe das echte Gift ausgetauscht, Mr. Parker", rief

Josette.

„Was ist mit dem Impfstoff?", brüllte er zurück.

„Den brauche ich, damit meine Regierung ihn reproduzieren kann. Aber Sie müssen sich keine Sorgen machen. Sie sind nicht infiziert. Das war nur Maisstärke und Babypuder." Sie lachte und startete den Motor. „Ich bin nicht der Feind, Mr. Parker. Ich bringe diese Violen in ein Labor. Meine Regierung wird sich bei Ihrer Regierung melden."

„Und welche Regierung ist das?", fragte er.

„Eine freundlich gesinnte."

Glaubte er ihr? Verdammt, er wusste es nicht.

Er wollte ihr glauben. Wollte glauben, dass er noch immer eine Zukunft mit Mallory und ihrem Kind hatte, auf die er sich freuen konnte.

Seine Pistole schwankte.

Josette ließ den Motor aufheulen und schoss in die Nacht davon. Alex zielte noch immer mit der SIG auf ihr Boot, aber verdammt, wenn er eine der Violen erwischen sollte, würden Taylor und er bei der jetzigen Windrichtung am Ende eine ganze Ladung der Sporen ins Gesicht bekommen. Das wäre dann allerdings mehr als ironisch. Andererseits, wie unprofessionell war es, eine Agentin aus einem unbekannten Land einfach mit einer potenziell tödlichen Waffe entkommen zu lassen?

Es war egal. Sie war längst aus seiner Reichweite verschwunden.

Er ließ die Waffe sinken und blickte das Mädchen an. „Wie fühlst du dich?"

„Gut. Nicht krank." Sie biss sich auf ihre Unterlippe, die zu zittern begann. „Wo ist mein Daddy?" Sie blickte auf das brennende Wrack des Helikopters. Orangerote Flammen wurden vom dunklen Wasser reflektiert.

Alex biss die Zähne zusammen. Sollte er sie anlügen? Aber wozu? „Der Helikopter ist explodiert." Er erwähnte nicht, dass er die Detonation ausgelöst hatte. „Tut mir leid."

Und das tat es wirklich. Es tat ihm wirklich leid. Taylor hatte ihren Vater verloren, auch wenn Ahmed Masook ein gemeines Arschloch gewesen war.

Sie begann zu weinen, und Alex hob sie in seine Arme. Sie schlang ihre Arme und Beine um ihn und klammerte sich an ihn wie ein kleines Äffchen. Alex stopfte seine Pistole in die Tasche seiner Jacke und hielt die Viole fest umklammert, obwohl sein Herz wie wild hämmerte. Er musste dieses Scheißding an einem sicheren Ort verwahren.

Er drückte Taylor, dann ließ er sie zu Boden sinken. „Komm, Kleine, wir haben jede Menge Arbeit zu erledigen."

Sie folgte ihm auf die Kommandobrücke. Er musste herausfinden, ob es noch Überlebende an Bord gab, und wollte freie Sicht in jede Richtung haben, für den Fall, dass sie Gesellschaft bekamen.

Die Brücke war verlassen, das Boot lief auf Autopilot.

Salamander hatte einen Coup organisiert, hatte Masooks Sicherheitspersonal eliminiert, vermutlich indem er ein paar der Wachen bestochen hatte. Vermutlich hatte Salamander vorgehabt, mit dem Helikopter oder einem anderen Boot zu fliehen. Alex bezweifelte, dass der Rest der Crew überlebt hatte. Er machte sich eine mentale Notiz, nach der anderen Wache zu schauen, die er bewusstlos zurückgelassen hatte, als er an Bord gekommen war.

Das Blutbad machte deutlich, dass Salamander Masook niemals hätte leben lassen. Alex wollte nicht daran denken, was mit Taylor passiert wäre, wenn Salamander von Masook bekommen hätte, was er gewollt hatte.

Alex fand einen kleinen Kühlschrank auf der Brücke und legte die Viole vorsichtig hinein. Schließlich rief er Frazer zurück.

„Die Nanny ist mit einem Motorboot entkommen", erzählte Alex ihm. Irgendjemand, vermutlich Matt, sollte die Frau bereits entdeckt haben. Eine kleine Flottille näherte sich bereits dem Helikopterwrack, das mittlerweile hinter ihnen lag. „Josette behauptet, sie hätte das echte Gift, und hat mir eine Probe davon dagelassen, als Vertrauensbeweis." Alex räusperte sich. „Sie sagt, sie hätte die Originalviolen ausgetauscht, und dass wir nicht infiziert sind."

„Glaubst du ihr?"

„Ich will ihr glauben." Unbedingt. „Sie hatte ein Etui wie das in Masooks Safe, und die Viole sieht auch genauso aus. Sie sagt, ihre Regierung würde sich bei uns melden."

„Deshalb war sie also da? Das klingt alles ein bisschen zu sehr nach James Bond", kommentierte Frazer trocken. Alex hörte, wie sich Erleichterung in Frazers Tonfall schlich, aber sie waren noch nicht vollkommen aus dem Schneider.

„Wir können nicht riskieren, dass sie lügt", sagte Alex leise. „Du musst dafür sorgen, dass irgendjemand ‚Josette' folgt und sie festhält. Du musst für die Absperrung dieses Boots sorgen." Er musterte stirnrunzelnd die Kontrollknöpfe vor ihm. „Und ich muss herausfinden, wie man den Anker wirft."

„Ich weiß, wie." Taylor deutete auf einen Hebel.

„Willst du das übernehmen?", fragte Alex sie.

Taylor nickte.

„Ist das Mädchen in Sicherheit?", fragte Frazer.

Sie schien in Ordnung zu sein, soweit Alex das beurteilen

konnte. Bis auf das emotionale Trauma, natürlich. „So sicher wie ich."

„Was soll ich tun?", fragte Frazer.

„Halte die Polizei und die Presse und alle anderen von uns fern. Lass einen Heli luftdichte Leichensäcke abwerfen. Schicke eine Gruppe des französischen Äquivalents unserer DCD hier raus, damit sie bestätigen können, dass wir kein Anthrax in unserem System haben. Ich vermute, das Boot hat alles an Bord, was wir für die nächsten paar Tage zum Überleben brauchen, bis wir Klarheit haben."

„Alles klar."

„Und fang an, zu ermitteln, wer in den USA an Anthrax als biologischer Waffe arbeitet."

„In den USA?" Frazer klang angespannt.

„Das habe ich von dem abgeleitet, was Masook gesagt hat."

„Ich nehme an, er war das Feuerwerk, das ich vor ein paar Minuten gesehen habe?"

„Jawohl." Alex blickte in das tränennasse Gesicht des Kindes und wünschte, sie hätte nicht durchmachen müssen, was sie in den letzten Stunden erlebt hatte. Josette hatte ihn hereingelegt. Vorausgesetzt, sie waren keiner biologischen Waffe ausgesetzt gewesen. Sie hatte gewusst, dass Alex versuchen würde, Masook aufzuhalten, und das hatte ihr Zeit gegeben, zu entkommen. Wenn er raten müsste, für wen sie arbeitete, würde er Mossad schätzen, aber er mochte es nicht, zu raten.

„Salamander?", fragte Frazer.

„Ich bin ziemlich sicher, dass alle anderen auf der *Fair Winds* tot sind. Salamander muss Leute in Masooks Sicherheitspersonal eingeschleust haben. Sie haben die anderen umgebracht und vermutlich auch die komplette Crew. Es war nur eine Frage der Zeit, bis sie auch Masook umgebracht hätten und…" Er verstummte und räusperte sich. Taylor hörte ihm von der anderen Ecke des Raumes aus zu.

„Jane wird an Bord kommen wollen", sagte Frazer leise.

Alex dachte darüber nach. Wenn er in ihrer Lage wäre und die Person, die er am meisten auf der ganzen Welt liebte, auf diesem Boot wäre, würde er auch hier sein wollen. Selbst wenn es ihn umbringen sollte.

„Vielleicht solltest du sie herkommen lassen." Es war ihre Entscheidung, ob sie ihr Leben riskieren wollte oder nicht. „Und kein Wort davon zu Mallory. Absolute Funkstille."

„Was, wenn du krank wirst…"

„Vor allem, wenn ich krank werde. Sie wird herfliegen und zum Boot rausschwimmen, wenn es sein muss. Auf gar keinen Fall. Selbst wenn sie nicht schwanger wäre, auf absolut gar keinen Fall. Niemand erzählt ihr irgendwas, was sie aufregen könnte. Soweit sie weiß, bin ich in einer verdeckten Mission unterwegs und werde rechtzeitig zur Hochzeit zurückkommen."

„Was, wenn sie mich direkt fragt?"

„Dann lügst du. Versprich mir das, Linc."

„Versprochen. Aber die Presse wird womöglich Wind davon bekommen."

„Dann sorge dafür, dass sie keinen Wind davon bekommen."

Frazer lachte. „Du scheinst eine verdammt hohe Meinung von meinen Fähigkeiten zu haben, mein Freund. Sieh zu, dass du die Leichen von Deck und in einen Kühlraum bringst, aber ein bisschen plötzlich."

Frazer hatte offensichtlich freie Sicht auf das Deck und

Alex entdeckte die *Ascension* direkt nördlich von ihnen.

„Wird erledigt." Alex lächelte. „Ich muss das Boot nach Überlebenden absuchen…"

„Okay. Versuch, das Mädchen nicht zu Tode zu erschrecken."

„Ich gebe mein Bestes."

„Alex…"

„Wenn du mir jetzt deine unsterbliche Liebe gestehen willst, muss ich dich leider erschießen."

Frazer lachte. „Ich wollte nur Danke sagen. Dafür, dass du mir die Trauzeugenpflichten anvertraut hast. Ich nehme das sehr ernst. Ich werde dafür sorgen, dass du pünktlich in der Kirche auftauchst."

„Vorausgesetzt, ich sterbe nicht."

„Vorausgesetzt, du stirbst nicht", bestätigte Frazer.

„Nur…" Alex holte tief Luft, dann stieß er den Atem wieder aus. „Wenn mir irgendwas zustoßen sollte… kümmere dich für mich um Mallory."

„Keine Frage."

„Und deshalb bist du mein Trauzeuge. Ich muss dich um noch einen Gefallen bitten…"

„Was?"

„Wie ordentlich sieht deine Handschrift so aus?"

NEUNZEHNTES KAPITEL

DIE SONNE GING auf, und ein sanfter Wind strich durch ihre Haare und ließ eine Gänsehaut über ihre Arme laufen. Jane saß in einem kleinen Schlauchboot und starrte Reilly an, der sie hinaus zur *Fair Winds* eskortierte.

Er trug Shorts und ein weiches, graues T-Shirt. Frazer hatte angeordnet, dass sie alle wie Urlauber in Südfrankreich aussehen sollten und nicht wie Personen, die in Angelegenheiten nationaler Sicherheit verwickelt waren.

„Was?", fragte er, als er bemerkte, wie sie ihn musterte.

„Nichts."

Der saudi-arabische Milliardär wollte seine Yacht zurückhaben, aber da war noch immer diese Sache mit der biologischen Waffe und dem toten Waffenschmuggler, um die sie sich zunächst kümmern mussten. Boote der französischen Marine formten in einiger Entfernung einen Kreis um die beiden Boote, ermittelten vordergründig im Absturz des Helikopters, hielten aber vor allem andere Wasserfahrzeuge von den beiden Megayachten fern.

Die Franzosen hatte letzte Nacht alle Möchtegern-Terroristen verhaftet, einschließlich dreier Russen, die versucht hatten, über den örtlichen Flughafen zu entkommen, nachdem an ihrem Boot irgendetwas am Motor defekt gewesen war. Niemand gab etwas zu, aber einer der Briten, Noah Zacharias, hatte ein Grinsen auf dem Gesicht, wann immer die Russen erwähnt wurden.

Die Franzosen übernahmen die Leitung in der Anthrax-Ermittlung. Das gefiel Lincoln Frazer nicht, aber er beschwerte sich nicht allzu laut. Vermutlich, weil Alex sich derzeit in Masooks Computer vergrub, mit oder ohne Erlaubnis der französischen Regierung.

Es war sechs Stunden her, seit Taylor und Alex möglicherweise mit Anthrax infiziert worden waren, aber sie waren noch nicht krank geworden. Das bedeutete aber nicht, dass sie nicht doch krank waren. Jane klammerte sich an der Hoffnung fest. Es sah mehr und mehr danach aus, dass die Biowaffe entweder nicht so aggressiv war, wie vorgegeben, oder dass sie tatsächlich von der Nanny, die entkommen war, gegen etwas Harmloses ausgetauscht worden war. Das Boot des Kindermädchens war ein paar Meilen entlang der Küste gefunden worden, allerdings ohne die Violen. Und obwohl sie gute Aufnahmen der Frau hatten, ebenso wie Audioaufnahmen ihrer Stimme, gab es keinerlei Treffer für sie im System.

„Du solltest noch ein paar Stunden warten. Nur, um sicherzugehen, dass kein Anthrax auf dem Boot ist." Reilly sprach gerade laut genug, um ihn über das Motorengeräusch ihres Bootes hinweg verstehen zu können. Er hatte nicht gewollt, dass sie zur *Fair Winds* fuhr, aber er brachte sie dennoch hin.

„Ich kann nicht." Jane blickte in den wolkenlosen Himmel und bewunderte die unglaubliche Schönheit der Region. Wenn heute ihr letzter Tag sein sollte, dann würde sie zumindest in einer großartigen Umgebung sterben. Und wenn heute Taylors letzter Tag war, dann wollte sie ihr Kind in ihren Armen halten, ein letztes Mal, auch wenn es den sicheren Tod bedeutete.

Der Geruch von Salz hing schwer in der Luft. Über ihnen kreischten die Möwen.

Reilly manövrierte sie gekonnt parallel zum Rumpf der *Fair Winds* und griff nach dem Ende der Leiter, die an der Seite der Yacht angebracht war. Er knotete das Schlauchboot fest, dann hielt er Jane seine Hand hin.

Sie wischte ihre feuchte Hand an ihrem Oberschenkel ab, bevor sie unsicher aufstand und versuchte, das Boot nicht zum Kentern zu bringen.

Das war womöglich das letzte Mal, dass sie ihn sah, wurde ihr plötzlich klar. Sie nahm seine Hand. Warme, starke Finger legten sich um ihre, und ein Schock des Erkennens schoss durch sie hindurch. Nicht nur Anziehungskraft – etwas anderes. Etwas Tieferes. Sie blinzelte die Tränen zurück. „Ich hatte nicht geglaubt, dass Männer wie du wirklich existieren", gestand sie.

Er zog eine Braue über diesen ruhigen Augen hoch. Dann öffnete er den Mund, um etwas zu erwidern, aber sie unterbrach ihn.

„Danke. Ohne deine Unterstützung hätte ich diesen Albtraum nicht durchgestanden." Sie wünschte, sie hätte um mehr bitten können. Vielleicht um eine Umarmung oder einen Abschiedskuss. Obwohl er angekündigt hatte, ihr Selbstverteidigung beibringen zu wollen, bezweifelte sie, dass sie ihn wiedersehen würde, wenn diese Sache hier vorbei war. Er würde zum nächsten Job weiterziehen, zum nächsten Klienten. Und sie würde – hoffentlich – alle Hände voll damit zu tun haben, wieder zu lernen, eine Mutter zu sein.

Seine Lippen wurden schmal und er nickte. „Halt dich sich gut an der Leiter fest, das Boot bewegt sich ganz schön im

Seegang."

Jane griff nach den Metallstreben und spürte Reillys Hand über die Rundung ihrer Hüfte streichen, als er ihr hinauf half. Sobald sie an Bord war, würde sie nicht wieder zurückkommen können, bis das Boot von den französischen Behörden freigegeben worden war.

Sie zögerte. „Pass auf dich auf, Jack."

„Du auch." Sein Griff wurde kräftiger. Alex hatte ihn angewiesen, das Schlauchboot nicht zu verlassen und so schnell wie möglich zur *Ascension* zurückzukehren. Sie wollte nicht, dass er der Gefahr ausgesetzt wurde. Er hatte schon mehr als genug getan, indem er sie sie hierher gebracht hatte.

Ihr Hals wurde eng vor all den Dingen, die sie noch sagen wollte, die aber weder professionell noch angemessen waren. Jane biss die Zähne zusammen und begann, die Leiter hinaufzuklettern, weigerte sich, sich noch einmal umzudrehen. Es war auf diesem langen Weg die Leiter hinauf, dass sie sich endlich gestattete, daran zu denken, dass sie ihre Tochter wiedersehen würde. Die Tatsache, dass Taylor ihrer Entscheidungen wegen womöglich sterben könnte, entging ihr nicht – nur war sie nicht diejenige, die Biowaffen verkaufte. Und der Marokkaner war derjenige gewesen, der Masook hintergangen hatte, nicht sie.

Taylor hätte auch dann leiden müssen, wenn Jane Alex nicht um Hilfe gebeten hätte. Tatsächlich wäre sie in diesem Falle vermutlich bereits tot.

Wenn Taylor starb …

Jane verbannte diese Vorstellung aus ihren Gedanken. Sie würde nicht sterben. Jane würde es nicht zulassen. Sie kletterte die scheinbar längste Leiter der Welt hinauf und weigerte sich, an die Höhe des Boots zu denken. Sie hatte eine Abneigung gegen Höhe und Leitern, aber nichts würde sie mehr von ihrem Baby trennen. Außer vielleicht Taylors Angst und Abneigung selbst …

Endlich erreichte Jane das Oberdeck und eine Hand streckte sich ihr entgegen, um ihr hinaufzuhelfen. Alex Parker. Der alles riskiert hatte, für eine Frau, die er nicht einmal besonders mochte, und das, obwohl er selbst kurz vor der Hochzeit mit seiner schwangeren Liebsten stand.

Er zog sie an Bord und winkte Jack zu, der immer noch am Ende der Leiter wartete.

Sie winkte ihm ebenfalls zu, wünschte sich Dinge, die sie nie bekommen würde, von einem Mann, den sie nicht begehren sollte.

Dann machte sie sich innerlich bereit und schaute sich auf dem Deck um. Keine Spur von Taylor.

„Ich habe ihr nicht gesagt, dass Sie kommen. Für den Fall, dass Sie es sich anders überlegt hätten." Alex hatte sein T-Shirt ausgezogen und trug Shorts, die nach abgeschnittenen Hosen aussahen.

„Wie fühlen Sie sich?", fragte sie ihn.

Seine Haut sah gebräunt und gesund aus, bis auf einen Verband um seinen Oberarm. Schweißperlen standen auf seiner Brust, aber sie sah keine Spur kränklicher Blässe. Nur das Schimmern harter, körperlicher Arbeit. Ihr war klar, dass er die Leichen weggeräumt haben musste, damit nicht alle, die zufällig vorbeiflogen, mitbekamen, dass etwas nicht stimmte.

Er grinste, und weiße Zähne leuchteten auf, passend zu der gespenstigen Blässe seiner silbernen Augen. „Ich fühle mich gut. Und Taylor scheint auch in Ordnung zu sein. Heißt aber nicht, dass wir über den Berg sind …"

Aber es war ein gutes Zeichen.

Eine Hand streckte sich über die Reling hinter ihnen, und Jane zuckte zusammen. Einen Augenblick später stand Reilly neben ihnen auf dem Deck, blickte sich um und verschaffte sich einen Überblick.

„Ich dachte, ich hätte dich angewiesen, zur anderen Yacht zurückzufahren?", fragte Alex.

Reilly stemmte die Hände in die Hüften. „Dachte, ich nehme ein paar Tage Urlaub."

Alex lachte tonlos auf. „Auf einem Boot, das potenziell mit Anthrax verseucht ist?"

Reilly grinste seinen Boss an, und Janes Herz begann zu rasen. „Ich habe meine Impfungen erhalten. Außerdem mache ich das nicht für dich, Boss, sondern für Jane. Aber wo ich schon mal hier bin, kannst du mich auch einspannen. Jane und ihre Tochter haben sicher einiges aufzuholen."

Jane schluckte den Kloß in ihrem Hals hinunter und griff nach Reillys Hand. Er drückte ihre Finger. „Danke."

Alex stieß langsam den Atem aus, sah aber nicht gerade begeistert aus.

„Das französische Pendant zur DCD wird in der nächsten Stunde hier sein. Sie werden von oben bis unten eine Dekontamination durchführen, außerdem nehmen sie uns Blut ab und werden uns massive Dosen nur-für-den-Fall-Antibiotika verabreichen. Ihre Leute werden in einem der großen Kühlräume in der Kombüse die Autopsien der Leichen durchführen. Und sie werden natürlich das Pulver direkt analysieren."

„Es tut mir leid, dass ich dich da mit hineingezogen habe, Alex", sagte Jane.

Er schaute sie an. „Wir haben gestern Nacht dabei geholfen, jede Menge Verbrecher aufzuhalten."

Sie schluckte. „Trotzdem…"

Alex schüttelte den Kopf. „Was für Schuldgefühle du auch immer hegen magst, vergiss es. Charles Salamander wusste von Mallory." In seinen Augen funkelte das Licht, das sie aus der Zeit wiedererkannte, als sie zusammen für das Gateway Project gearbeitet hatten. „Sobald ich das herausgefunden hatte, musste er sterben." Ein kaltes Lächeln breitete sich auf seinen Lippen aus. „So konnte ich ihn zumindest in einem ehrlichen Kampf umbringen, ohne die Sorge, die nächsten zwanzig Jahre im Gefängnis zu verbringen. Es ist getan. Mallory ist sicher, das ist alles, was mir wichtig ist. Und jetzt geh zu deiner Tochter. Sie ist im Salon und schaut fern. Dort gibt es keine Leichen."

Jane nickte unsicher. Reilly legte Alex die Hand auf die Schulter, als sie davon ging.

Der Salon war einfach zu finden. Taylor lag vor dem Fernseher auf dem Teppichboden. Sie war eingeschlafen, während sie *Die Schöne und das Biest* auf DVD angeschaut hatte. Der Schrecken der letzten Nacht hatte sie eingeholt.

Jane verspürte ein schreckliches Sehnen. Sie starrte auf das sonnengebleichte Haar ihrer Tochter, das von einem schwarzen Haargummi zusammengehalten wurde. Ihre langen, dünnen Beine, die auf dem Boden ausgestreckt waren, die Arme, die ihren Kopf umrahmten.

Atmete sie? Jane trat einen Schritt auf sie zu, aber plötzlich hob sich Taylors Brustkorb in einer langsamen, gleichmäßigen Bewegung. Jane hielt erleichtert inne und schluckte. Sie zog ihre Schuhe aus und schlich leise näher. Obwohl sie es überhaupt nicht mehr abwarten konnte, endlich mit ihrer Tochter zu sprechen, wollte sie Taylor auch nicht aufwecken. Jane sank auf die Knie und legte behutsam ihre Hand auf den Rücken des Kindes. Das Mädchen wachte nicht auf, kuschelte sich nur enger an Janes Beine.

Jane schickte ein Gebet gen Himmel, dankte Gott für diesen Augenblick. Auch wenn Taylor sterben sollte, wenn sie selbst sterben sollte, hatte Jane trotzdem das Gefühl, endlich nach Hause gekommen zu sein. Sie schaute auf. Dort stand Reilly und beobachtete sie durch die offene Tür hindurch. Er lächelte sie an, und sie erkannte etwas in seinen Augen, das sie blinzeln ließ. Bewunderung. Und vielleicht noch etwas anderes. Etwas … Ehrliches. Etwas Unverfälschtes.

Zögernd lächelte sie zurück. Sie wusste nicht, was passieren würde, wenn sie dieses Boot verließen, aber er hatte sie trotz eines großen Risikos für seine eigene Gesundheit hierher begleitet. Vielleicht hatte er das auch für Alex getan, denn sie wusste, dass Reilly viel für seinen Boss übrig hatte. Aber Reilly war kein impulsiver Mann. Er war stark, verlässlich und verstand, dass ihre Priorität in diesem Augenblick ihr Kind war. Er war trotzdem mitgekommen.

Er grinste sie an, und heiße Tränen traten in ihre Augen, die sie schnell fortblinzelte. Keine Tränen. Plötzlich rollte sich Taylor auf den Rücken und öffnete die Augen.

„Wer sind Sie?", fragte sie leise, ihre Augen groß vor Verwunderung.

Jane hielt die Luft an und öffnete den Mund. Sie hatte tausendmal geübt, sich vorzustellen, aber all die Vorbereitungen ließen sie mit einem Mal im Stich. „Ich bin deine Mama."

Taylors junges Gesicht verzog sich irritiert. Sie hatte ihren Babyspeck verloren und war größer und schlanker geworden. Tränen hatten weiße Spuren auf ihre Wangen gezeichnet – sie musste sich in den Schlaf geweint haben. „Daddy hat gesagt, du bist tot.“

Jane streckte langsam die Hand aus und strich Taylor eine Haarsträhne aus dem Gesicht. „Daddy war sehr wütend auf mich und hat mir nicht erlaubt, dich zu sehen.“ Sie stellte die Frage, die ihr so sehr auf dem Herzen brannte. „Erinnerst du dich an mich?“

Taylor griff nach ihrer Hand und hielt sie fest. „Ja, ich weiß nur nicht, ob du echt bist oder ob ich träume.“

Erleichterung brach über Jane ein. „Ich bin echt.“ Diese kleinen Finger legten sich um Janes Herz und drückten es zusammen. „Dein Daddy hat einen Fehler gemacht, Taylor.“ Jane würde sich die Schuldzuweisungen für einen späteren Zeitpunkt aufheben, wenn die Trauer ihres Kindes nicht mehr so frisch war. „Er wollte, dass du bei ihm bist, nicht bei mir.“

Taylor setzte sich auf. „Wo warst du?“

Jane hatte den beinahe überwältigenden Drang, Taylor zu berühren, sie festzuhalten und nie wieder loszulassen, aber sie wollte Taylor auch nicht verängstigen oder überfordern. „Ich habe nach dir gesucht. Jeden einzelnen Tag habe ich nach dir gesucht.“

Taylor wischte sich mit dem Handrücken über das Gesicht und Jane hielt den Atem an. Dann warf sich Taylor gegen sie und Jane schlang die Arme um ihr Kind. Sie hielt sie so verdammt fest, es war ein Wunder, dass sie das Mädchen nicht erstickte.

Taylors Schluchzer erfüllten die Luft, ihr ganzer Schmerz brach aus ihr hervor. Jane wiegte sie, voller Freude darüber, Taylors Wärme und ihren schnellen Herzschlag gegen ihre eigenen Rippen zu spüren. Sie schaute auf. Reilly beobachtete sie mit hellen Augen. Alex stand mit einem kleinen Lächeln auf den Lippen hinter ihm.

Jane lächelte zurück. Seltsam. Sie hatte keine Angst mehr vor ihm.

„Danke", sagte sie leise.

Er nickte und wandte sich ab.

Dann blickte Jane Reilly an. Sie sagte nichts, aber sie ließ ihre Dankbarkeit für ihn durchscheinen, zusammen mit dem Wissen über die Anziehung, die zwischen ihnen brodelte. Sie wusste nicht, ob das irgendwohin führen würde, aber es war ehrlich und rein. Nicht basierend auf Reichtum oder dem Verlangen, sich selbst zu bestrafen. Es hatte eine Chance verdient.

Jetzt etwas miteinander anzufangen, war vermutlich das Dümmste, was sie tun konnten, aber das war ihr egal. Sie wollte mit Jack Reilly ins Bett krabbeln und in seiner Umarmung einschlafen. Es musste überhaupt nicht komplizierter oder schwieriger sein als das. Und wenn sie diese Sache hier überleben sollten, dann würde sie genau das tun.

ZWANZIGSTES KAPITEL

D AS HANDGESTEUERTE ANTRIEBSGERÄT, das Alex unter die Wasseroberfläche zog, hätte deutlich mehr Spaß gemacht, wenn er es nicht mit einem potthässlichen Navy-SEAL teilen müsste. Das Wasser war kalt, und seine Zähne bissen fest auf den Atemregler, damit sie nicht zu klappern anfingen. Er entdeckte Jane, die sich fest an einen weiteren Navy-SEAL klammerte, und die kleine Taylor, die mit einem dritten davonschoss. Jack war auch dabei.

Wenn die französische Polizei in ein paar Tagen an Bord der *Fair Winds* gehen würde, würde sie niemanden mehr vorfinden, bis auf die Leichen im Kühlraum. Die Tests waren abgeschlossen, und alles war sauber zurückgekommen. Sie waren nichts Tödlicherem als Maisstärke ausgesetzt gewesen.

Aber die Franzosen hatten auf die einwöchige Quarantäne bestanden, die sie verordnet hatten, und Alex hatte sich geweigert, so lange zu warten. Er würde in etwas über dreizehn Stunden heiraten, und der ganze Atlantik stand im Augenblick noch zwischen ihm und seiner Auserkorenen. Er würde nicht hier herumsitzen und Däumchen drehen, weil die französischen Behörden ihnen diese willkürliche Zeitspanne auferlegten, einfach weil sie es konnten. Wenn es einen wissenschaftlichen Grund gegeben hätte, wenn er glauben würde, dass auch nur das geringste Risiko bestünde, wäre Alex an Ort und Stelle geblieben. Aber das war nicht der Fall, und er würde sich nicht in einen Papierkrieg verwickeln lassen, oder in endlose rechtliche Befragungen, wenn er ein Versprechen einzulösen hatte.

Der Meeresgrund kratzte an seinen Knien, und der SEAL stellte den Tauchmotor aus, als sie das flache Wasser erreichten. Alex streckte den Kopf aus dem Wasser und zog die Maske ab. „Danke, Kumpel." Er schüttelte dem SEAL die Hand.

„Jederzeit." Der Froschmann grinste ihn an. „Hat Spaß gemacht."

Am Ufer stand eine kleine Menschenmenge und starrte sie an. Alex entdeckte Frazer, der ihm bedeutete, einen Zahn zuzulegen. Alex stolperte durch die Brandungswellen, versuchte, mit seinen nackten Füßen den spitzen Steinen auszuweichen. Frazer griff nach seinem Arm, zog ihn zu einem wartenden Auto und warf ihn förmlich auf die Rückbank.

„Fahren Sie los", wies Frazer den Fahrer an.

„Freut mich auch, dich zu sehen." Alex versuchte, zu Atem zu kommen.

Der Fahrer trat das Gaspedal durch, und sie rauschten davon, die Hinterräder brachen aus und ließen den Schotter spritzen. Alex schaute sich um. Reilly, Jane und Taylor wurden in ein zweites Fahrzeug verfrachtet. Offensichtlich wollte Frazer ihn unter vier Augen auf den neuesten Stand bringen.

Wasser troff aus seinem T-Shirt und den Schwimmshorts und sickerte in das Sitzpolster. Sie rasten an spitzen Kreidefelsen vorbei, während der Fahrer jetzt so richtig zeigte, was der Wagen konnte.

„Glaubst du, wir schaffen es?"

„Besser wär's", erwiderte Frazer trocken. „Greenburg leiht uns seine neue Gulfstream G-650. Die macht siebenhundert

Meilen pro Stunde und wird uns in neuneinhalb Stunden nach Virginia bringen. Damit haben wir noch eine Stunde für die Fahrt, wenn wir ankommen.“

Alex schaute an sich hinunter. „Ich habe meinen Smoking nicht dabei.“

„Ist alles erledigt. Ein paar der anderen sind gestern schon los und haben auch diese vermaledeiten Platzkarten mitgenommen. Warum hast du die denn nicht einfach drucken lassen, um Himmels willen?“

„Anscheinend ist es authentischer, wenn sie von Hand geschrieben sind.“

Frazer verdrehte die Augen. „Erinnere mich bitte daran, nicht deine Hochzeitsplanerin zu beauftragen.“

Alex grinste. Frazer ignorierte ihn und sprach weiter. „Am Reagan International werden drei Autos mit Fahrern und eine Polizeieskorte auf uns warten. Die Klamotten für die Hochzeit sollten in jedem der Autos sein. Ashleys, deine und meine. Wir können uns auf der Fahrt in den Autos umziehen.“

Frazer nahm einen Anruf entgegen, und Alex starrte aus dem Fenster. Er hatte das Gefühl, dass es eine ganze Weile dauern würde, bis er diese Gegend hier wieder besuchen würde. „Weiß Mallory, was passiert ist?“

„Nein.“

„Ich hätte es ihr sagen sollen.“

„Nein“, erwiderte Frazer schneidend. „Das hättest du nicht. Du hast erst vor zwei Stunden Entwarnung bekommen und warst immer noch auf dem Boot. Es gab keine Garantie, dass wir uns überhaupt bewegen würden. Jetzt müssen wir bloß noch ein paar tausend Meilen überwinden.“

„Ich habe ihr versprochen, sie nie wieder anzulügen.“

„Du hattest keine Wahl.“

Alex war emotional völlig erschöpft. „Werden die Franzosen versuchen, uns aufzuhalten?"

Frazer grinste ihn an. „Wir haben ihnen geholfen, einen Haufen Terroristen zu schnappen und zu verhindern, dass eine Biowaffe auf französischem Boden verkauft wird. Wir haben sie wie Helden dastehen lassen. Wir könnten sie ebenso einfach wie inkompetente Arschlöcher hinstellen, und das wissen sie."

„Wurde Josette aufgespürt?"

„Offiziell? Nein. Inoffiziell hat sich der Mossad bei einigen Kontakten der Nachrichtendienste gemeldet und durchscheinen lassen, dass die Proben in sicheren, freundlich gesinnten Händen sind."

Der Mossad war besser als eine terroristische Vereinigung, aber es gefiel Alex trotzdem nicht. „Wissen wir schon, wer der Lieferant ist?"

Frazer schüttelte den Kopf. „Nein. Aber die Liste der potenziellen Verdächtigen ist kurz. Wir werden ihn schnappen."

Mit quietschenden Reifen bogen sie auf ein kleines privates Flugfeld ab. Der Fahrer fuhr direkt bis vor die Treppen eines schnittigen Jets, wo er abrupt anhielt. Der andere Wagen stoppte neben ihnen.

Frazer zerrte Alex aus dem Wagen und die Stufen des Flugzeugs hinauf. Jane und die anderen beiden joggten ihnen hinterher.

Sobald sie an Bord waren, wurden die Türen geschlossen. Alex nickte Ashley zu, die ihn anlächelte. Keine Spur von den anderen. Vermutlich waren sie schon zurückgeflogen. Der Jet fuhr augenblicklich aufs Rollfeld. Irgendjemand war so geistesgegenwärtig gewesen, dicke Handtücher auf ihre Sitze zu legen, damit sie die weichen Lederbezüge nicht ruinierten.

„Jemand scheint seine Pflichten als Trauzeuge ja sehr ernst zu nehmen", bemerkte Alex verschmitzt, als Frazer neben ihm in den Sitz sank.

Der Mund seines Freundes verzog sich zu einem Grinsen. „Was soll ich sagen. Ich bin eben der beste Trauzeuge."

Alex blickte über den Gang zu Reilly und Jane, die Händchen hielten. Taylor grinste und schaute sich begeistert um. Sie hatte sich erstaunlich schnell erholt, trotz allem, was passiert war. Wieder mit ihrer Mutter vereint zu sein, von der sie geglaubt hatte, sie wäre tot, hatte den Schmerz über den Tod ihres Vaters definitiv ein wenig gelindert. Und Masook war ein harter Mann gewesen, der seine Zuneigung selten offen gezeigt hatte.

Es tat Alex nicht leid, dass er tot war. Es tat ihm nur leid, dass Taylor das Wrack des Helikopters gesehen und verstanden hatte, was es bedeutete.

„Möchtest du zu meiner Hochzeit kommen?", fragte er, als das Flugzeug in den Himmel stieg.

Taylors Augen wurden groß, und sie nickte. Er hatte die letzten Tage damit verbracht, dem Mädchen alles über Mallory und das Baby und ihren Hund Rex zu erzählen. Jane und Reilly schienen einander offensichtlich etwas zu bedeuten, und Reilly war ohnehin eingeladen. Warum also nicht auch Jane und Taylor?

Jane blickte mit einer Grimasse auf ihre Kleider. „Wir haben nichts anzuziehen."

Alex dachte an die Unterhaltung, die er mit Mallory über Klamotten geführt hatte. Es schien Millionen Jahre her zu sein. „Mir ist es egal, was ihr tragt. Ihr könnt auch so kommen."

Jane starrte ihn mit offenem Mund an.

„Ich habe Ihre Sachen aus dem Château geholt, damit Sie trockene Kleidung haben und sich umziehen können, sobald wir unsere Reiseflughöhe erreicht haben", erklärte Frazer geduldig. „Schreiben Sie mir Ihre Größen auf, und meine wunderschöne, unglaubliche Freundin wird Ihnen etwas für die Zeremonie besorgen. Sie hat einen hervorragenden Geschmack." Frazer schenkte Jane ein strahlendes Lächeln.

„Denkst du, ich sollte Mallory anrufen?"

„Bei ihr ist es drei Uhr in der Nacht, und morgen ist ihr Hochzeitstag. Lass sie schlafen. Schick ihr eine SMS, dass du auf dem Weg bist."

„Eine SMS?"

„Eine elektronische Nachricht, die man auf Handys verschicken kann."

„Sehr komisch."

„Dachte ich mir."

„Gut, dass ich meine Waffe nicht bei mir habe." Alex hatte sie auf der *Fair Winds* über Bord geworfen, um eine mögliche Anklage wegen Mordes zu vermeiden.

„Immer mit der Ruhe, mein Lieber."

„Lincoln?"

„Was?" Frazer drehte sich zu ihm um und schaute ihm in die Augen.

„Ich liebe dich, Mann."

Frazer schüttelte angewidert den Kopf. „Mach dich erstmal präsentabel, bevor du dich noch blamierst."

Sie erreichten ihre Reisehöhe, und Alex löste augenblicklich seinen Gurt und stand auf, nahm Frazers Kopf zwischen beide Hände und drückte ihm einen Kuss auf den Schädel. Er zerzauste ihm die perfekt geschnittenen Haare. „Du liebst mich auch, das weiß ich. Du bist nur verklemmt. Aber du wirst es schon noch erkennen."

EINUNDZWANZIGSTES KAPITEL

ES WAR SIEBEN Uhr morgens, und Mallorys Freundinnen hatten ihr Bestes gegeben, ihr Gesellschaft zu leisten. Nun schliefen sie beide noch, nachdem sie gestern Abend lange wach gewesen waren und sich unterhalten hatten. Ashley war noch nicht hier.

Mallory konnte nicht mehr schlafen.

Die aufgehende Sonne leuchtete pink und gelb, als sie über den waldbedeckten Hügeln in der Nähe auftauchte und lange Schatten über die endlosen Reihen von Weinstöcken warf. Das Gebäude des Weinguts und das kleine, elegante Hotel lagen hinter ihr. Vor ihr lagen ein paar Häuser über das ländliche Tal versprenkelt, aber niemand außer ihr schien wach zu sein. Die Häuser sahen aus wie kleine Oasen der Gelassenheit.

Sie stapfte in Gummistiefeln durch den Matsch, trug eine Umstandsjeans und eine hübsche, rosa Baumwolltunika sowie einen grauen Strickpullover, um dem Frost des frühen Morgens etwas entgegenzusetzen.

Rex rannte voraus und schnüffelte an jedem Weinstock. Frische Tautropfen funkelten in Spinnweben wie Diamanten, und die Vögel zwitscherten ihren Morgengesang, der ihr Herz erfreute. Der Hund jagte einem Kaninchen hinterher, und sie folgte ihm in das Tal, verschwand im dünnen Nebel, der wie ein kühler Film auf ihrer Haut lag.

Irgendetwas stimmte nicht.

Mallory hatte Alex während der letzten Woche regelmäßig geschrieben, und er hatte ihr versichert, dass er rechtzeitig zur Hochzeit wieder zu Hause sein würde, aber seine Nachrichten waren ausweichend gewesen, und das hatte sie beunruhigt. Und er war noch immer nicht hier.

Das sah ihm einfach nicht ähnlich.

Es war ebenso beunruhigend, dass Frazer und Ashley nicht in der Stadt waren. Waren sie alle zusammen? Halfen sie Alex dabei, nach Jane Sanders' Tochter zu suchen? Oder waren sie einfach mit anderen Dingen beschäftigt?

Sie hatten alle wichtige Jobs. Das verstand sie. Die Welt hielt nicht einfach inne, nur weil sie heiraten wollte, aber …

Jed Brennan hatte ihr diverse vage Erklärungen dafür geliefert, wo seine Kollegen waren, und was sie machten. Seine Antworten klangen mit der Zeit jedoch immer angespannter. Mallory konnte das unbehagliche Gefühl nicht abschütteln, dass Jed sie anlog. Sie logen sie alle an.

Mallory biss die Zähne zusammen.

Jed hatte ihr außerdem einen Haufen Arbeit zugewiesen, und sie hatte kaum Zeit gehabt, Luft zu holen, geschweige denn, sich Sorgen zu machen. Aber sie machte sich dennoch Sorgen. Multitasking war eine ihrer Stärken.

Das Probe-Essen war abgesagt worden. Die Hälfte der Hochzeitsgesellschaft war abwesend gewesen, und es hätte keinen Sinn gehabt. Egal. Sie konnten die Zeremonie auch improvisieren, solange alle da waren.

Sie fing einen Tautropfen auf, der von einem kleinen, grünen Blatt rollte. Mallory zweifelte nicht an Alex' Liebe oder Hingabe, aber es gab etwas, das er ihr nicht erzählte. Sie wusste nur nicht, was es war. Oder vielleicht war sie auch nur naiv.

Sie riss ein Blatt von einer der Weinreben und rieb es

zwischen ihren Fingern, atmete den frischen, angenehmen Geruch ein.

Vielleicht war Alex in Frankreich angekommen und hatte erkannt, wie sehr Mallory klammerte. Oder die Vorstellung, häuslich zu werden und Frau und Kind zu haben, war zu viel Druck für den ehemaligen Auftragsmörder gewesen. Oder vielleicht war er in sein altes Leben zurückgerissen worden und mochte die Aufregung, die es ihm bot. Oder er wusste nicht, wie er sich aus einer bestimmten Situation befreien sollte oder litt wieder unter seiner alten Unsicherheit, nicht gut genug für sie zu sein, was vollkommener Blödsinn war.

Keine Lügen mehr...

Sie hatten sich dieses Versprechen gegeben, während sie darauf gewartet hatten, dass die Leiche ihrer Schwester in den Wäldern hinter dem Haus, in dem Mallory aufgewachsen war, ausgegraben wurde. Keine Lügen mehr. Das war das einzige Gelübde, das ihr wirklich etwas bedeutete. Was, wenn Alex diesen Schwur schon brach, bevor sie ihr gemeinsames Leben überhaupt begonnen hatten?

Konnte sie ihm vertrauen?

Diese Frage machte ihr ebenso sehr zu schaffen wie die Antwort.

Die Hochzeitszeremonie sollte im Garten hinter dem Hotel stattfinden. Die Wettervorhersage versprach einen perfekten Frühlingstag voller Sonne und Freude. Während sie zwischen den krummen Reben über die nackte Erde spazierte, wurden im Garten Stühle in ordentlichen kleinen Reihen aufgestellt und eine Laube mit Pflanzen und Blumen geschmückt. Der Empfang würde im riesigen Verkostungsraum des Weinguts stattfinden, der dieses Wochenende für die Öffentlichkeit gesperrt war.

Sie hatten sich für ein Farbschema in Flieder und Grau sowie für „rustikale Eleganz" entschieden, was auch immer das bedeuten sollte. Für sie bedeutete es, sich weniger Gedanken um die Details machen zu müssen. Für die Hochzeitsplanerin bedeutete es scheinbar etwas vollkommen anderes.

Mallory marschierte durch den Weinberg, der gerade zum Leben erwachte, entschlossen, ihre schlechte Stimmung wegzulaufen. Nach einer weiteren Meile drehte sie um und ging zurück in Richtung des Weinguts. Die Erde fühlte sich gut unter ihren Stiefeln an. Das Baby trat sie zustimmend, und sie lächelte. Er oder sie war der Grund, weshalb sie es sich nochmal überlegt hatte und lieber früher als später heiraten wollte. Sie und Alex waren vielleicht nicht das traditionellste Paar, aber in dieser Sache wollte sie der Tradition folgen.

Das Baby schlug Purzelbäume, und Mallory dachte, dass es ihr Unbehagen spüren musste. Sie vertraute Alex, ohne Vorbehalte. Aber sie war auch nervös wegen der Hochzeit, und sie machte sich Sorgen um Alex.

Ein Zweig knackte, und sie schaute eilig auf. Sie verbarg ihre Enttäuschung, als ihre Mutter zwischen den Reben hervortrat.

„Konntest du nicht schlafen?", fragte Margret Tremont besorgt.

Mallory blieb stehen und streckte ihren schmerzenden Rücken, antwortete ihr jedoch nicht. „Ich dachte, ich vertrete mir noch ein bisschen die Füße, bevor dieser ganze Wahnsinn losgeht."

Ihre Mutter trug einen blauen Pullover und schwarze Leggings, darüber hohe, schwarze Stiefel. Ihre Haut leuchtete vor Gesundheit und Vitalität, aber ihre Augen blickten fragend. Fragen, die Mallory nicht beantworten wollte.

Sie setzte sich wieder in Bewegung, hoffte, das würde irgendwie das Unabwendbare hinauszögern. Von wegen.

„Wo ist Alex? Der Bräutigam sollte mittlerweile eigentlich hier sein." Die Stimme ihrer Mutter war ruhig, aber sie hallte dennoch durch die Stille des Morgens bis ins Tal hinab.

„Er wird da sein." Mallory sprach mit mehr Zuversicht als sie fühlte.

„Was, wenn nicht?", drängte die Senatorin.

„Dann kommt er zu spät zu seiner eigenen Hochzeit."

„Warum haben wir ihn die ganze Woche über nicht gesehen?" Margret Tremont war in erster Linie eine zielstrebige Frau.

Mallory antwortete nicht.

„Bist du bereit, dich der öffentlichen Blamage auszusetzen, wenn er nicht auftaucht?"

„Ja, Mom. Ich riskiere dieses schwammige Konzept der Blamage, weil ich nicht mit dem Schlimmsten rechne und indem ich mich für meine Hochzeit fertigmache, weil er da sein wird." Und das würde er. Er liebte sie, das wusste sie. Sie schluckte den Kloß in ihrem Hals hinunter, der aufsteigen wollte. Ihre wirkliche Angst war nicht, dass er sie vor dem Altar stehen lassen würde. Was, wenn ihm etwas zugestoßen war? Etwas Schreckliches, während sie sich hier Sorgen um eine blöde Zeremonie machte?

Versuchten die anderen, ihm zu helfen? Ihn zu finden? Warum redete denn niemand mit ihr?

Plötzlich wäre Mallory am liebsten in Tränen ausgebrochen. Sie wollte sich zu einem kleinen Ball zusammenrollen und schluchzen. Aber sie würde nicht zusammenbrechen. Nicht, bis sie es mit Sicherheit wusste. Sie hatte mehr Vertrauen als das.

Schwangerschaftshormone waren wirklich das Letzte.

Sie hob ihr Kinn und pfiff nach ihrem Hund. Dann nahm sie die Hand ihrer Mutter.

„Alex wird da sein." Mallory legte ihre verschlungenen Hände über ihr Herz, hoffte, allein ihr Wille würde es wahr werden lassen. „Lass uns frühstücken und uns für unseren großen Tag fertigmachen."

ZWEIUNDZWANZIGSTES KAPITEL

„VERDAMMT. DAS SCHAFFEN wir nie."

„Au contraire, mon ami", erwiderte Frazer und knöpfte seine taubengraue Weste zu, dann schlüpfte er in seine maßgeschneiderte Jacke. „Wir sind fast da."

Alex hatte auf dem Flug geduscht und sich rasiert. Er hatte sogar ein paar Stunden Schlaf nachholen können. Sich auf dem Rücksitz eines Autos für eine Hochzeit umzuziehen, während der Wagen mit hoher Geschwindigkeit und von einer Polizeieskorte begleitet über die Autobahn raste, war nichts, was er sich für seinen Hochzeitstag je vorgestellt hatte.

„Hast du die Ringe?", fragte er Frazer.

Frazer runzelte die Stirn, wühlte in einer Tasche und blickte Alex erschrocken an. Dann grinste er und zog eine Schmuckschatulle hervor. Er klappte sie auf und zeigte ihm die beiden glänzenden Platinringe.

„Ausgerechnet jetzt hast du dir überlegt, einen Sinn für Humor zu entwickeln?", fragte Alex und versuchte, seinen Puls zu kontrollieren.

Frazers Mundwinkel zuckten. „Warte nur, bis du meine Rede hörst."

Alex stöhnte auf.

Frazer beugte sich vor und griff nach einem weiteren Etui, das auf dem Beifahrersitz lag, eine kleine Kühlbox. Er öffnete sie, und darin befanden sich zwei blasslila Rosen.

„Ansteckblumen", sagte Alex einfältig. Die hatte er ganz vergessen.

„Izzy hat dafür gesorgt, dass wir alles haben, was wir brauchen."

„Izzy ist ein Schatz."

„Eine Göttin", korrigierte Frazer.

Alex hob eine Augenbraue. Das war in der Tat hohes Lob von diesem vollendeten Profi, der unerwarteterweise sein bester Freund geworden war.

„Izzy ist eine Göttin." Die Frau hatte ihm den Arsch gerettet, darüber würde er sich nicht mit Frazer streiten.

Sie schossen über ruhige Nebenstraßen dahin, und Alex bemerkte, dass sie in der Nähe des Weinguts waren. Sie würden es schaffen.

„Lass die Polizei ihre Sirenen ausstellen. Das macht Mallory sonst nur verrückt."

Frazer nickte und tätigte den Anruf. Die Sirenen verstummten, und die Autos verlangsamten ihre Geschwindigkeit auf ein weniger halsbrecherisches Tempo. Alex schaute auf seine Uhr, während Frazer erst sich und dann ihm die Rose ansteckte.

„Irgendein Bedauern? Zweifel?", fragte Frazer und strich Alex das Revers glatt. Sie hatten sich für klassische, schwarze Smokings entschieden, die sie zu jeder Gelegenheit tragen konnten. Mallory war vor allem praktisch veranlagt.

Alex lächelte ihn schief an. „Nur dass wir nicht früher hier waren."

Frazer lächelte zufrieden und lehnte sich zurück. „Wir haben einen bedeutenden Schmuggel einer biologischen Waffe verhindert, und Jane Sanders hat ihre Tochter wieder. Und wir sind rechtzeitig zur Hochzeit hier. Ich finde, wir haben ganze

Arbeit geleistet.“

In diesem Moment tauchte das Schild zum Weingut vor ihnen auf, und Alex spürte, wie sein Puls sich zum ersten Mal seit Tagen endlich beruhigte. Ein Gefühl tiefen Friedens erfüllte ihn. Er war hier. Er hatte es geschafft.

DREIUNDZWANZIGSTES KAPITEL

MALLORY BEOBACHTETE DIE nervösen Blicke, die sich ihre Mutter und ihr Vater zuwarfen. Zwei ihrer Brautjungfern waren ebenso unruhig, und die dritte verdächtig abwesend. Haley wartete zusammen mit den anderen Trauzeugen des Bräutigams und war zuletzt dabei beobachtet worden, wie sie mit einem von Alex' ehemaligen Armee-Kumpels geflirtet hatte.

Mallory stand im Anbau des Hotels. Die Hochzeitsgesellschaft hatte die gesamte Anlage unter Beschlag genommen. Die Hochzeitsplanerin stand in der gebogenen Holztür und wies jeden ab, der hereinkommen wollte.

Es war fünf vor zwei.

Die Kulisse war fantastisch, alles, was sie sich von einem Veranstaltungsort nur wünschen konnte. Wunderschön, aber nicht protzig. Warm und elegant. Einladend. Es fehlte nur ein wesentlicher Bestandteil.

Der Bräutigam.

„Du siehst wunderschön aus", sagte ihr Vater leise.

Mal strich über ihren Babybauch und drückte mit der anderen Hand seinen Arm. „Danke." Ihr Kleid war herrlich romantisch, mit einem bestickten Spitzenmieder, hoher Taille, um dem Baby Platz zu lassen, und endlosen Lagen aus weichem Tüll mit einer kurzen Schleppe. Nicht bauschig oder überladen. Sie hatte sich augenblicklich in das Kleid verliebt, als sie es zum ersten Mal anprobiert hatte. Sie hoffte, es würde Alex gefallen. Mallory versuchte zu schlucken, aber ihr Mund war zu trocken.

Sie trug einen Blumenkranz im Haar und hatte entschieden, keinen Schleier zu tragen.

Keine Geheimnisse mehr.

„Mallory …", begann ihre Mutter mit einem weiteren nervösen Blick in Richtung ihres Vaters.

„Geh auf deinen Platz, Mom", wies Mallory die Senatorin entschieden an und schickte ihrem ehemaligen Boss, Art Hanrahan, einen eindringlichen Blick. Er nickte ihr zu, nahm den Arm ihrer Mutter und führte sie aus dem Hinterausgang hinaus zu den zweihundert wartenden Gästen.

Das waren viele Leute. Ihre Mutter hatte Angst, dass Mallory sich blamieren würde, aber wenn Alex nicht auftauchte, musste etwas Furchtbares passiert sein. Sie konnte den Gedanken nicht ertragen.

Mallory glaubte, Sirenen in der Ferne zu hören, aber sie verstummten, und sie entschied, dass sie es sich nur eingebildet hatte. Sie ging zu dem Tisch, auf dem die Bouquets sorgsam arrangiert waren. Der Fotograf hatte vorhin schon Millionen von Bildern davon geschossen, ebenso von ihr mit ihren Eltern und den Brautjungfern. Sie hatte die schreckliche Vermutung, dass ihr Gesichtsausdruck auf den Fotos eher angespannt als glücklich aussehen würde, aber hoffentlich konnten sie später noch weitere Fotos machen. Wenn Alex da war.

Sie streckte die Hand aus und berührte eines der weichen Blütenblätter. Ihr Strauß bestand aus einer Mischung aus pinken, roséfarbenen, fliederfarbenen und weißen Rosen, Pfingstrosen und Anemonen, und der Duft war unglaublich.

Sie wollte sich für immer an diesen Geruch erinnern.

Drei Minuten vor zwei.

Sie hatten sich an alle großen Traditionen gehalten.

Etwas Altes – sie hatte die beiden Platin-Siegelringe, die sie und ihre Schwester getragen hatten, einschmelzen und zu einem neuen Ring formen lassen, den sie nun am kleinen Finger ihrer linken Hand trug.

Etwas Neues – ihr Kleid, ihre Schuhe und ihre Unterwäsche waren neu. Sie hatte außerdem ein neues Paar Converse dabei für später, falls ihre Schuhe zu unbequem werden würden. Das Kleid war so lang, dass es niemand bemerken würde, und selbst wenn, war es ihr auch egal. Für diesen einen Tag würde sie so tun können, als ob sie hip wäre.

Etwas Geborgtes – die Diamantenstecker in ihren Ohren waren der ganze Stolz ihrer Mutter, und von ihrem Kaufpreis konnte man vermutlich ein ganzes Drittweltland für einen Tag ernähren. Mallory war froh über das Sicherheitspersonal bei der Feier.

Etwas Blaues –– sie hatte das Wort „Blau" in blauer Seide in ihren Slip sticken lassen. Sie würde nichts dem Zufall überlassen.

Eine Minute vor zwei.

Sie ging zur Kommode und nahm ihren Brautstrauß in die Hand. Ihre Brautjungfern sahen einander an.

„Aber Alex ist noch nicht da", mahnte Anna, eine ihrer Brautjungfern.

Mallory nickte. „Er wird da sein."

Er hatte es ihr versprochen. Er würde sie nicht am Altar stehen lassen. Sie musste ihm vertrauen.

„Daddy", sagte sie leise und nickte einem der Männer zu, den sie am meisten liebte. Sie lächelte ihre Brautjungfern an und warf ihrer Hochzeitsplanerin einen Blick über die Schulter zu. „Auf geht's."

Ihr Vater holte tief Luft und schien zu realisieren, dass sie vorhatte, die Zeremonie durchzuziehen, obwohl der Bräutigam noch immer nicht da war. Die Hochzeitsplanerin sah erschüttert aus, aber dann machte streckte sie die Schultern durch und verschwand für einen Augenblick. Mendelssohns Hochzeitsmarsch ertönte.

Mallory richtete sich gerade auf und hakte sich bei ihrem Vater ein. Sie gingen stumm auf die Tür zum Garten zu, gerade als Ashley Chen durch die Eingangstür des Hotels gerauscht kam. Ihr Kleid – fliederfarbener Tüll und ein enganliegendes, gerüschtes Mieder mit dünnen Spaghettiträgern – hatte sie bis zu ihren Hüften hochgerafft, um schneller rennen zu können. Mallory hatte keine Ahnung, wie sie das in den silbernen Absatzschuhen geschafft hatte, aber hier war sie. Ashley ließ ihr Kleid sinken, und die Hochzeitsplanerin strich es glatt, dann kämmte sie mit den Fingern eilig durch Ashleys schwarze Haare, die offen auf ihre Schultern fielen. Ashleys Wangen waren erhitzt, und ein Funkeln leuchtete in ihren Augen. Sie war wunderschön, aber was noch viel wichtiger war, sie war hier.

Eine Welle der Erleichterung wusch über Mallory hinweg, als sie ihre FBI-Kollegin sah. Das bedeutete, dass Alex auch hier war. So, wie er es ihr versprochen hatte.

Die Hochzeitsplanerin reichte Ashley ihr Bouquet und schob Mallorys Freundinnen durch den Hinterausgang in den Garten.

Ihr Vater drückte ihre Hand. „Alles in Ordnung, Schatz?"

Mallory blickte ihn an. „Jetzt schon."

Und dann traten sie hinaus vor die Gäste.

VIERUNDZWANZIGSTES KAPITEL

ALEX, FRAZER UND Lucas erreichten ihre Plätze vor der ersten Reihe der versammelten Hochzeitsgesellschaft genau eine Minute vor zwei Uhr. Sie waren auf den letzten Drücker angekommen.

War Mallory noch hier, oder war sie enttäuscht über sein Verhalten abgehauen? Alex würde es ihr nicht vorwerfen. Soweit sie wusste, konnte er sie ebenso gut sitzengelassen oder sie die ganze Zeit über angelogen haben. Oder er war einfach nur ein Arschloch, und sie war zu Verstand gekommen und hatte es sich anders überlegt.

Frazer drehte ihn zu sich herum und überprüfte, ob er ordentlich aussah. „Nicht schlecht, den Umständen entsprechend."

Alex lachte und schüttelte seinen Jungs schnell die Hände, einschließlich Haley, die ziemlich unbeeindruckt von seiner Unpünktlichkeit aussah.

Ihre Haare waren in raffinierten Locken hochgesteckt, und sie trug ein langes, taubengraues Kleid, das von dünnen Trägern gehalten wurde.

Er küsste sie auf die Wange. „Du siehst bezaubernd aus."

Sie stieß einen gequälten Seufzer aus. „Du musst ja wirklich verflucht gut im Bett sein, dass Mallory dir deine Faxen durchgehen lässt."

„Bestand da jemals ein Zweifel?"

„Ich schätze, nein." Sie berührte seine Wange und blinzelte schnell, bevor sie sich abwandte. Haley hielt nichts von Rührseligkeiten.

Die Kirschblüten in den ringsum stehenden Bäumen flatterten in der leichten Brise. Alex ließ seinen Blick über die Hochzeitsgäste schweifen. Matt und Scarlett waren aus Frankreich zurück. Braungebrannt. Glücklich. Grinsend wie zwei Schwachköpfe. Scarletts Eltern waren auch anwesend, Alex hatte sie eingeladen. Richard Stone kämpfte noch immer gegen seine Krebserkrankung an und hatte fast alle Haare verloren, aber die Behandlung schien im Augenblick zu wirken. Killion und die niedliche, temperamentvolle Audrey Lockhart saßen da und hielten Händchen. Izzy Campbell und ihre Schwester Kit saßen neben ihnen. Darsh Singh und Erin Donovan vervollständigten die Reihe. Einige seiner liebsten Menschen.

Alex nickte Darsh zu, einem Mann, der am Neujahrstag seinen Verstand und vermutlich noch viel mehr gerettet hatte. Sam Walker, Bradley Tate und Moira Henderson waren ebenfalls unter den Gästen, ebenso wie die Familien von Dermot und Haley.

Steve McKenzie, dem Alex im März dabei geholfen hatte, einen Anschlag von Terroristen auf das Capitol zu vereiteln, hatte seinen Arm um Tess Fallon gelegt, die bei diesem Zwischenfall schwer verletzt worden war. Tess warf Alex ein zurückhaltendes Lächeln zu, was er erwiderte. Alex konnte nirgendwo einen Rollstuhl oder Krücken entdecken, was ein gutes Zeichen dafür war, dass sie sich einigermaßen von ihrer Tortur erholt hatte. Sie fühlte sich vermutlich inmitten all der Politiker und Gesetzeshüter genauso unwohl wie er.

Jed Brennan grinste ihn von seinem Platz aus an, wo er

neben Vivi und Michael saß. Lucas' Familie füllte zwei Reihen aus – die Rooneys und die Randalls waren alte Freunde – und Becca, das Mädchen, das Lucas und Ashley im Frühjahr in Boston gerettet hatten, saß neben Lucas' Nichten. Die Mädchen waren aufgedreht am Kichern.

Es tat gut, das zu sehen.

Mallorys Mutter saß in der ersten Reihe. Als er ihren besorgten Gesichtsausdruck bemerkte, verspürte Alex einen Anflug von Schuld für das, was er sie hatte durchmachen lassen. Er ging zu ihr und gab ihr einen Kuss auf die Stirn. „Tut mir leid, Margret."

Sie schloss die Augen und als sie sie wieder öffnete, standen sie voller Tränen. „Ich werde dir zu Weihnachten eine neue Uhr kaufen müssen, Alex."

Er grinste und ging zurück auf seinen Platz neben Frazer. Er hatte es geschafft. Er konnte kaum glauben, dass sie es tatsächlich noch rechtzeitig geschafft hatten. Jane Sanders blickte ihn an und schenkte ihm einen dankbaren Blick, als sie auf einen Stuhl in der letzten Reihe schlüpfte. Reilly hielt ihre Hand, und sie hielt Taylors. Alex war sich nicht sicher, ob sie das Mädchen je wieder loslassen würde, aber das war nicht sein Problem. Wenigstens war Ahmed Masook für immer von der Bildfläche verschwunden.

Das Streichquartett begann, den Hochzeitsmarsch zu spielen, und Alex spürte, wie die Nerven in seinem Brustkorb zu flattern begannen wie die Flügel eines Vogels, die gegen seine Rippen schlugen. Er war nie nervös, aber heute schon. Nervös, dass Mallory ihn womöglich hassen und verachten würde. Nervös, dass sie es sich womöglich anders überlegt hatte.

An der Tür des Hotels bewegte sich etwas.

„Augen nach vorn, Parker", befahl ihm Frazer.

Und ausnahmsweise einmal tat Alex, was ihm gesagt wurde.

Er starrte auf den Pastor, der ihm einen Blick zu warf, der von einer möglichen Magenverstimmung her zeugte.

Die Brautjungfern erschienen zuerst und stellten sich links von ihm in einer Reihe auf.

Er hörte, wie die Leute nach Luft schnappten und fragte sich, ob Mallory ihn beim Wort genommen und nackt oder grün angemalt aufgetaucht war. Es wäre ihm egal. Er machte die Schultern gerade und konnte spüren, wie sie den Gang entlangkam, dann drehte er sich um, um sie anzusehen.

Ihre Blicke trafen sich, und es verschlug ihm den Atem. Statt wütend oder vorwurfsvoll zu schauen, waren ihre braunen Augen weich und voller Liebe.

Sie sah unfassbar schön aus. Groß, schlank – zumindest von vorn gesehen –, ihre dunklen Haare glänzend und mit hübschen Blumen geschmückt. Ihr Kleid ließ seinen Mund ganz trocken werden. Sie sah aus wie eine Prinzessin, wie eine Nymphe, wie eine Göttin.

Sie trat neben ihn und ihr Geruch und der Geruch ihres Bouquets hüllten ihn in etwas Frisches, Auserlesenes ein. Er liebte alles an ihr. Sie war alles, was er je gewollt hatte, und anstatt für sie da zu sein, hatte er sie im Stich gelassen.

Mallorys Vater legte ihre Hand auf Alex'. Ihre Finger waren warm, ihr Griff fest. Er konnte nicht aufhören, sie anzuschauen.

Langsam lächelte sie ihn an, dann wandte sie ihr Gesicht dem Pastor zu und Alex folgte ihrem Beispiel.

Er sprach die Worte, die ihn in den Augen des Gesetzes und vor den hier Anwesenden an Mallory binden würden, aber er wusste, dass sie schon längst verbunden waren, als ob sie für einander bestimmt gewesen wären und diese Verbindung vielleicht schon in einem früheren Leben gelebt hätten. Denn eine so große Liebe, eine derart weltbewegende Romanze war zu groß für nur ein Leben.

Bis dass der Tod uns scheidet, kam ihm zu kurz vor, um seinen Schwur der Liebe zu erfüllen, aber er wollte nicht improvisieren.

Frazer reichte ihm die Ringe, und seine Finger zitterten, als er Mallory ihren Ring ansteckte und sie ihm den seinen. Ein Leben lang zusammen. Für die Ewigkeit verbunden.

Er beugte sich hinunter und legte seinen Mund auf ihre Lippen.

„Ich werde dich nie wieder allein lassen", flüsterte er ihr ins Ohr.

Sie lächelte ihn an. „Doch, das wirst du. Aber dass wir immer wieder zueinander zurückkommen, ist das Einzige, was zählt."

FÜNFUNDZWANZIGSTES KAPITEL

DIE LUFT HIER in Virginia fühlte sich nach einer Woche Südfrankreich kühler an, aber sie roch so süß und so sehr nach Frühling, duftete so perfekt nach zu Hause, dass Reilly sie der trockenen Mittelmeerluft tausendmal vorzog.

Sie hatten ein paar physikalische Gesetze gebrochen, um rechtzeitig hier zu sein, aber jetzt konnten sie sich entspannen. Die Sonne strahlte, und die Vögel sangen so heiter, als ob auch sie das glückliche Paar feiern wollten. Es sah ihm nicht ähnlich, so rührselig zu werden, aber anscheinend war er nach achtunddreißig Jahren hier auf diesem Planeten nun auch an der Reihe.

Izzy Campbell hatte Jane ein blassblaues, knielanges Kleid, eine weiße Strickjacke und Sandalen besorgt, ein Blumenkleid und einen hübschen Haarreif für Taylor. Alles passte perfekt, sogar die Schuhe. Reilly konnte die Frau neben ihm kaum aus den Augen lassen, aber er zwang sich, nicht zu offensichtlich zu starren.

Er schaute nach vorn.

Die Braut sah wunderschön, elegant und geradezu königlich aus. Alex sah vor allem sprachlos aus.

Reilly wusste, was der Kerl empfand. Wieder warf er einen Blick auf Jane. Er wusste genau, was Alex empfand.

Es war vermutlich töricht, sich so Hals über Kopf zu verlieben, aber er hatte keine wirkliche Wahl. Je mehr Zeit er mit Jane verbrachte, desto mehr Zeit wollte er mit ihr verbringen. Nie im Leben hätte er sie auf diesem Boot zurücklassen können. Verfluchtes Anthrax hin oder her.

Ihre Finger lagen auf seinem Oberschenkel, und er nahm ihre Hand in seine. Selbst hier, umringt von hunderten Menschen, reagierte sein Körper auf ihre Gegenwart.

In den letzten Tagen waren sie nicht oft allein gewesen, und Reilly hatte sie noch nicht einmal geküsst. Das Timing war nicht richtig gewesen. Das Umfeld hatte nicht gepasst.

Jane warf ihm einen Blick zu, und ihre Wangen wurden rot, als sie ihn dabei ertappte, wie er sie anstarrte. Er grinste. Zumindest war die Anziehung nicht einseitig. Aber er wollte mehr als nur körperliche Anziehung. Mehr als einen harten Fick gegen die nächstbeste Wand – auch wenn er das natürlich nicht ablehnen würde.

Er strich mit seinem Daumen über die weiche Haut ihres Handrückens, während Alex und Mallory gelobten, sich zu lieben und zu ehren. Den Teil mit „gehorchen" ließen sie weg.

Spielverderber.

Taylor schaute der Zeremonie ehrfürchtig zu. Reilly beugte sich zu Jane und wartete, bis sie ihn mit fragenden Augen ansah. Langsam neigte er seinen Kopf und bemerkte, wie ihr Atem schneller ging, bevor sich ihre Lippen einen Spaltbreit öffneten. Er verstand es als Einladung und drückte ihr einen sanften Kuss auf die Lippen, schmeckte, was sie ihm anbot. Dann löste er seine Lippen wieder und lehnte sich zurück, um den Rest der Zeremonie zu verfolgen, hielt ihre Hand fest in seiner.

Er musste aufpassen, dass er sie nach ihrer letzten schrecklichen Erfahrung in Liebesdingen nicht verschreckte, aber Reilly wusste, dass das hier etwas Echtes war. Etwas, was

Bestand haben würde. Etwas, das zu einem gemeinsamen Zuhause und einer gemeinsamen Familie wachsen würde. Er würde nichts überstürzen, tatsächlich würde er sich sogar förmlich überschlagen, um Jane auf altmodische Weise den Hof zu machen, solange es sein schwacher Körper nur aushalten würde.

Sie reckte ihren Kopf zu ihm hoch und flüsterte in sein Ohr: „Bin ich immer noch deine Klientin?"

Reilly schüttelte den Kopf.

„Und hältst du mich für geistig so weit in der Verfassung, selbst entscheiden zu können, mit wem ich Sex haben will?", fragte sie sehr leise.

Er biss die Zähne zusammen, um das Bild zu vertreiben, das ihre Worte heraufbeschworen. „Ja."

„Dann solltest du auf jeden Fall heute Nacht deine Zimmertür abschließen, es sei denn, du willst nächtlichen Besuch empfangen."

Sein Mund wurde trocken. „Taylor…"

„Wird friedlich im Zimmer nebenan schlafen."

Herrgott nochmal. Er betrachtete Janes reizenden, entschlossenen Gesichtsausdruck, und sein innerlicher Entschluss kam ins Wanken. „Ich gebe dir einen Schlüssel."

„Gott sei Dank."

„Amen."

SECHSUNDZWANZIGSTES KAPITEL

FRAZER DREHTE DIE kleine, weiße Platzkarte mit Izzys Namen darauf zwischen seinen Fingern. Er hatte sie geschrieben, während er auf diesem Boot auf dem Mittelmeer voller Angst die Nachricht erwartet hatte, ob Alex mit Anthrax infiziert war, und ihm der baldige Tod drohte oder nicht. Er hatte ein kleines Herz neben Izzys Namen gemalt. Sie hatte nicht bemerkt, dass ihre Karte die einzige mit so einem Herzchen war. Er hatte ihr nicht erzählt, dass er die Hälfte der Platzkarten in mühsamer Kleinstarbeit selbst geschrieben hatte.

Er nippte an seinem sehr teuren Single Malt, den Art Hanrahan ihm ausgegeben hatte, eine Art Friedensangebot, während er Alex und Mallory beobachtete, die sich für ihren ersten Tanz als Mann und Frau bereitmachten.

Izzy erschien hinter ihm, flocht ihre Finger in seine und zog ihn auf die Füße.

„Oh, nein", sagte er, als ihm klar wurde, was sie vorhatte.

„Oh, doch." Sie sagte es in süßem Ton, aber es lag ein unüberhörbarer Anflug des ehemaligen Army Captains in ihrem Tonfall. „Das ist deine letzte offizielle Pflicht."

„Kit, hilf mir", flehte er Izzys kleine Schwester an, die am Tisch saß und in ihr Handy versunken war.

„Du bist auf dich allein gestellt, Kumpel. Aber wenn du dich blamierst, werde ich dich öffentlich verstoßen."

Frazer stöhnte auf, als Izzy ihn zu Ashley Chen und Lucas Randall zog, die neben der Tanzfläche warteten. Lucas warf ihm einen vielsagenden Blick zu.

Frazer erwiderte den Blick. Er zog Izzy an sich. „Warte hier auf mich. Wenn ich schon leiden muss, dann leistest du mir schön Gesellschaft."

Sie lachte ihn an und er ertappte sich dabei, wie er wieder einmal völlig verzaubert von ihren grünen Augen und dem überirdischen Schönheitsfleck direkt über ihrem Mund war. „Ich dachte, du tanzt nicht, ASAC Frazer."

„Ich habe nie behauptet, dass ich nicht tanze. Ich habe nur gesagt, dass ich nicht *gerne* tanze."

„Ah, ein feiner Unterschied." Sie wollte sich von ihm fortziehen.

„Warte auf mich", erinnerte er sie.

Die Musik begann, Nina Simones „Feeling Good" ertönte. Frazer bot Ashley Chen seine Hand und sie nahm sie anmutig an. Alex und Mallory begannen ihren Tanz und die Gäste applaudieren und jubelten. Frazer musste sich ermahnen, nicht in Tränen auszubrechen.

Als Alex ihm gestanden hatte, dass er einer neuen Variante von Anthrax ausgesetzt worden war, war Frazer innerlich zerbrochen. Für einen Mann, der nur sehr wenige Menschen an sich heranließ, hatte Alex Parker seine Mauern erstaunlich schnell durchbrochen. Genauso wie Mallory. Die Vorstellung, ihr erklären zu müssen, dass Alex nicht nach Hause kommen würde … es war besser, nicht dran zu denken.

Er wirbelte Ashley auf die Tanzfläche und in seine Arme. Dank seiner Zeit auf einer teuren Privatschule beherrschte er die Schritte, und Ashley wusste ebenfalls, wie man tanzte.

Sie war eine erstaunliche Person. Sicher, etwas kühl und

distanziert, aber andererseits traute er selbst auch kaum jemandem, der das nicht war, und Ashleys Überlebensgeschichte war inspirierend.

Zum Glück war der Song recht kurz und sie konnten sich nach einer Minute oder von der Tanzfläche verabschieden. Er deutete eine Verneigung an, dann führte er Ashley zurück zu Lucas, der in der Zwischenzeit mit Haley Cramer getanzt hatte.

„War mir ein Vergnügen, mit Ihnen getanzt zu haben, Ashley."

„Ganz meinerseits, Boss."

„Nennen Sie mich Lincoln, wenn wir nicht im Büro sind."

Die Agentin lächelte überrascht. Sie fand etwas ihres Selbstbewusstseins wieder, nachdem ihre Geheimnisse auf so grausame Art und Weise enthüllt worden waren. Er ließ für gewöhnlich niemanden ungeschoren davonkommen. Das brachte nichts.

Frazer entdeckte Izzy, die etwas abseits der Tanzfläche stand. Sie hatte kein Bedürfnis, im Mittelpunkt zu stehen, und das kam ihm nur allzu recht. Er winkte sie mit einem Finger herüber. Sie zog amüsiert eine Augenbraue hoch, schlenderte aber auf ihn zu. Sie trug ein champagnerfarbenes Kleid, das ihr wie angegossen passte. Er strich mit seiner Hand über den seidigen Stoff und zog sie an sich.

Sie fuhr mit ihren Händen über seine Schultern. „Du bist ja tatsächlich ein sehr guter Tänzer."

Er lächelte sie an. „Du klingst überrascht."

„Nichts an dir überrascht mich noch." Sie lachte.

Frazer wirbelte Izzy auf der Tanzfläche herum und entdeckte Kit, die vor Scham am liebsten im Boden versunken wäre. Er zwinkerte Kit zu, dann küsste er Izzy auf den Mund, ließ sie genau wissen, wie sehr sie ihm in den letzten Wochen gefehlt hatte. Izzy grinste ihn an, als er sie nach Luft schnappen ließ.

„Ich kann viele Sachen sehr gut", sagte er selbstgefällig.

„Du weißt, dass wir hier ein Zimmer haben?"

„Kit aber auch, oder?"

Izzy leckte sich über die Lippen und er schaute sie fasziniert an. „Nebenan, ja. Sie teilt es sich mit Becca."

Frazer nickte. „Gott sei Dank. Solange wir die Tür abschließen können."

„Schwebt dir irgendetwas vor?", fragte Izzy nicht besonders unschuldig.

„Mir schwebt jede Menge vor, Dr. Campbell."

„Vielleicht sollten wir schnell nach oben gehen und nachsehen, ob wir auch alles haben, was wir für die Übernachtung brauchen?", schlug Izzy vor und schmiegte sich noch näher an ihn.

„Glaubst du nicht, dass man mich vermissen wird?", fragte Frazer und blickte sich um, hin- und hergerissen zwischen Pflicht und Verlangen.

„Wir beeilen uns." Sie reckte den Kopf und knabberte an seinem Ohrläppchen. „Und Barney und Rex sind in unserem Zimmern. Wir sollten nachschauen, ob mit ihnen alles in Ordnung ist."

Er lehnte sich etwas zurück und schaute sie an. „Da fällt mir ein, ich habe noch etwas in meiner Tasche, was ich holen wollte. Ein Hochzeitsgeschenk."

„Ich dachte, wir hätten ihnen unser Geschenk schon überreicht?"

„Haben wir, aber ich habe noch etwas anderes besorgen können, das sie beide sehr glücklich machen wird."

„Was denn?" Neugierde funkelte in ihren Augen.

„Ein Jobangebot." Als er ihren verwirrten Blick sah, fügte er hinzu: „Ich habe Moira Henderson für eine Stelle in der Zentrale vorgeschlagen. Habe ihr eine überschwängliche Empfehlung geschrieben."

„Hat sie den Job bekommen?"

Frazer spürte, wie sein Grinsen noch breiter wurde. „Sie fängt in zwei Wochen an. Mallory wird womöglich nicht einmal die Gelegenheit bekommen, sich von ihr zu verabschieden."

Izzy lachte. „Und das ist eine gute Nachricht?"

Er nickte.

„Na, dann sollten wir besser diesen Brief holen und nach den Hunden schauen. Ich nehme an, du willst, dass ich dich begleite?", fragte sie unschuldig.

Frazer nickte. „Du musst mir unbedingt beim Tragen helfen."

Izzy lachte und führte ihn von der Tanzfläche.

SIEBENUNDZWANZIGSTES KAPITEL

„WAS GLAUBST DU, wo die hinwollen?", fragte Mallory Alex und musterte Lincoln und Izzy, die sich verstohlen wie Diebe davonschlichen.

„Genau dahin, wo ich auch hinwollen würde, wenn nicht zweihundert Menschen jede meiner Bewegungen beobachten würden", erwiderte Alex und verstärkte seinen Griff an der Stelle, an der früher ihre Taille gewesen war.

Sie kicherte und lehnte ihren Kopf an seine Schulter. „Das hat uns überhaupt erst in diese Lage gebracht."

Er küsste sie auf die Stirn. „Dass ich ein verdammter Glückspilz bin, hat uns in diese Lage gebracht."

„Diese Woche hattest du nicht so viel Glück, habe ich recht?", fragte Mallory sanft. Er hatte ihr nicht erzählt, was passiert war, aber sie wusste, es war nichts Gutes.

Er schüttelte den Kopf. „Ich erzähle es dir morgen."

In ihrer Nähe tanzte Jane Sanders mit Jack Reilly, der Mallory zuzwinkerte. Die beiden behielten ein kleines, blondes Mädchen im Auge, das über die Tanzfläche eilte, dicht gefolgt von Michael Vincent, Vivis Sohn, der ausgelassen und hörbar kicherte.

Der Junge sprach mittlerweile, ein Wunder, das den Umständen geschuldet war, ebenso wie der richtigen Therapie. Der allgemeine Konsens war, dass er sich am Rande des Autismus-Spektrums befand, aber dass sein selektiver

Mutismus auf ein kindliches Trauma zurückzuführen war. Er machte in seiner neuen Schule gute Fortschritte.

„Wärst du fast umgekommen?", fragte Mallory Alex leise und fürchtete sich vor der Antwort.

Seine Finger zogen sie näher an sich heran. „Nicht wirklich. Aber für einen kurzen Augenblick dachte ich es."

Tränen traten ihr in die Augen, aber sie blinzelte sie fort. „Ich bin sehr dankbar dafür, dass du nicht gestorben bist."

Er streichelte ihr über den Rücken, beruhigte sie. „Ich auch."

„Ich dachte, wir hätten uns versprochen, keine Geheimnisse mehr zu haben?"

„Wir haben gesagt, keine Lügen mehr. Ich habe dich nicht angelogen, Mal. Du hast mein Wort. Ich habe mir nur Sorgen gemacht, was der Stress mit dir und dem Baby anstellen würde."

Sie erwiderte seinen aufgewühlten Blick mit schräger Miene. „Tu so etwas nie wieder."

„Nein, Ma'am, Mrs. Parker"

Sie spürte, wie sich ihre Lippen kräuselten und versuchte, es zu unterdrücken. „Und jetzt habe ich wieder Angst, dich zu verlieren."

Er öffnete den Mund, um mit ihr zu diskutieren, aber dann erblickte er, was sie schon längst entdeckt hatte – ihre Mutter, die mit einem entschlossenen Funkeln in den Augen auf sie zu schritt. Er fluchte, als er verstand, was Mallory gemeint hatte. Alex' neue Schwiegermutter forderte einen Tanz ein.

Plötzlich brach in der Nähe des Eingangs Chaos aus, und Mallory sah zwei Fellknäuel, eines golden, eines schwarz, die über den Dielenbogen jagten, sich um einen Stock balgten und ungewollt die Gäste auseinanderstieben ließen. Autsch. Die Hälfte der anwesenden Gäste ließ die Hände zu ihren Waffen schnellen, bevor sie erkannten, dass es nur zwei harmlose, wenn auch völlig wild gewordene Retriever waren.

„Wie sind die denn ausgebrochen?", wunderte sich Mallory. Rex war mit Barney zusammen untergebracht gewesen, der Gesellschaft wegen. Ihre größte Sorge war es, dass die Kinder Angst bekamen oder von den Hunden umgerempelt wurden. Alex stellte sich schützend vor Mallory, während Reilly Michael Vincent und Janes Tochter Taylor zur Seite bugsierte.

Alex pfiff nach Rex, aber die beiden Hunde hatten sich in ihr Spielzeug verbissen und würden herumrennen, bis sie umfielen. Zügig ging Mallory zur Gartentür am Ende des Raums. Sie bedeutete dem Sicherheitsmitarbeiter, sie zu öffnen, und er stieß die Flügeltür weit auf. Einen Bruchteil einer Sekunde, bevor die Hunde in die Freiheit hinausrasten, erkannte Mallory, dass die Hochzeitstorte sich direkt auf ihrem Fluchtweg befand.

Der Mund klappte ihr auf und sie sah alarmiert, wie die Hunde mit voller Geschwindigkeit auf den Kuchen zu rannten. Darsh Singh streckte die Arme aus und hob das Tablett mit der Torte in letzter Sekunde in die Höhe, bevor der Tisch darunter niedergerissen wurde.

Die Musik verstummte, und Mallory ertappte sich dabei, wie sie in schrecklicher Vorahnung ihre Mutter anstarrte, für die doch immer alles perfekt sein musste.

Margret Tremont hatte die Hände vor den Mund geschlagen und Mallory war sich sicher, dass jetzt alles vorbei war. Aber dann begann die Senatorin zu lachen, und der ganze Raum schien erleichtert aufzuatmen.

Der Sicherheitsmann schloss die Türen, nur für den Fall, dass die beiden Hunde eine Ehrenrunde drehen wollten. Vorsichtig stellte Darsh die Torte auf dem nächstbesten Tisch ab und machte einen übertriebenen Bückling.

Mallory applaudierte und Alex pfiff anerkennend.

„Lass uns das Ding anschneiden, bevor noch irgendwas passieren kann", drängte Alex.

„Was ist mit den Hunden?"

„Wir lassen ihnen ein Stück übrig." Alex zeigte ihr sein Handy. Eine Nachricht von Frazer, der sich dafür entschuldigte, die Hunde rausgelassen zu haben, und dass sie nach den beiden Ausschau halten sollten.

„Frazer soll selbst raus ins Feld spazieren und nach ihnen suchen. Wir beide schneiden jetzt die Torte an, und dann tanzen wir so lange wir wollen mit deinen Eltern und miteinander. Und wenn du keine Lust mehr hast oder eine Pause von all diesen Leuten brauchst, dann werde ich dich hoch in unser Zimmer tragen und stundenlang mit dir ins Bett gehen."

„Mich tragen?", fragte sie skeptisch. Sie war kein Federgewicht.

„Dich tragen", bestätigte Alex. Er kam auf sie zu. „Und das wirst du mich auch machen lassen, weil ich dich liebe und vor all diesen Leuten geschworen habe, dich zu verehren. Ich hoffe, damit kann ich besser früher als später anfangen."

Ihr Herz begann, zu flattern. „Okay."

„Okay?" Er blickte sie streng an.

Sie lächelte ihn nur an. Es hieß, der Hochzeitstag wäre der beste Tag ihres Lebens, aber sie hatte die Vermutung, dass noch viele, viele Tage mehr folgen würden, aus denen sie auswählen konnte, und sie war fest entschlossen, jeden einzelnen davon zu genießen.

„Ich liebe dich, Alex", sagte sie zärtlich.

„Ich liebe dich auch, Mrs. Parker."

Vielen Dank, dass du "Eiskaltes Versprechen" gelesen hast. Ich hoffe, dir hat es gefallen und du freust dich bereits auf das nächste Buch aus der Reihe „Kalte Gerechtigkeit".

In „Kaltblütig" sucht die Journalistin Pip West die Wahrheit über den Tod ihrer besten Freundin, während der FBI-Agent Hunt Kincaid genau dies verhindern will.

Ein romantischer Thriller, der für einen rasenden Puls sorgt und atemberaubende Lesestunden beschert.

Auf den nächsten Seiten hast du die Möglichkeit, das erste Kapitel zu lesen.

KAPITEL 1

DAS GERÄUSCH VON Magazinen, die einrasteten, hallte in einer metallenen Symphonie von Dienstwaffen durch das Großraumbüro. Vorahnung zog seinen Magen zusammen, als er seine SIG Sauer und die Ersatzwaffe, eine Glock, kontrollierte. FBI Special Agent Hunt Kincaid aus dem Büro in Atlanta war geladen, entsichert und bereit.

Hunt griff nach den Haftbefehlen und den Durchsuchungsbeschlüssen und reichte sie Agent Mandy Fuller.

„Allerherzlichsten Dank, Agent Kincaid." Sie klimperte dramatisch mit den Wimpern und nahm ihm die Dokumente ab. Fuller war blond und hübsch und sah trügerisch niedlich aus. Sie hatte die letzten vier Monate verdeckt ermittelt und hatte sich die Ehre verdient, heute dem Hauptverdächtigen die Handschellen anzulegen, nach den dutzenden von Malen, die der gewählte Regierungsrepräsentant ihr an den Hintern gegrapscht hatte.

„Mit dem allergrößten Vergnügen, Agent Fuller."

Der Einsatz heute war der krönende Abschluss der vierzehnmonatigen Ermittlung in Sachen Korruption innerhalb der Stadtverwaltung. Es war ein langer und mühsamer Prozess gewesen, der tausende Stunden Beschattung und Überwachung, Brüten über Kontoauszügen und elektronischer Kommunikation sowie der Jagd auf kleine Beute, um an die großen Fische zu kommen, gefordert hatte –

und das alles, ohne dass der Mann ganz oben auf ihrer Liste der Verdächtigen misstrauisch wurde. Fullers Einsatz hatte ihnen einen kooperierenden Zeugen beschafft, und die Überwachung hatte ihnen schließlich so viele felsenfeste Beweise geliefert, dass ein Richter die Durchsuchungsbeschlüsse unterschrieben hatte.

Regierungsrat Jim Crowley und vier seiner Lakaien würden heute zu Fall gebracht werden.

Hunt kontrollierte seine Ersatzmunition und steckte weitere drei Magazine in seine Westentasche. Er erwartete keinen Ärger, aber er war verdammt nochmal darauf vorbereitet.

Sein Kumpel, Agent Will Griffin, kam herüber und nickte ihm zu. Will war Mitglied der FBI SWAT-Sondereinheit und musterte heimlich Fullers Einsatzweste und ihre Ausrüstung. Fuller warf ihrem Freund einen schneidenden Blick zu, und der andere Agent schaffte es auf heldenhafte Art und Weise, sich welchen Tipp auch immer er ihr gerade hatte geben wollen, zu verkneifen.

Hunt und Fuller mochten zwar derzeit einem Team von Schreibtischbeamten zugeteilt sein, aber sie hatten beide jahrelange Erfahrung als Agenten im Außeneinsatz. Das SWAT-Team würde bei diesen Verhaftungen nur als Verstärkung agieren.

Fuller ging zu ihrem direkten Vorgesetzten, dem Supervisory Special Agent der Einheit gegen Wirtschaftskriminalität im FBI-Büro von Atlanta, und zeigte ihm die Unterlagen.

Hunt grinste Will an, der dastand und der Agentin hinterherschaute. „Willst du meine Weste auch überprüfen?"

„Ich wollte eigentlich ihre Widerstandsfähigkeit gegen

Kugeln überprüfen." Wills Zähne blitzten in einem erzwungenen Lächeln auf, das schnell erlosch. „Ich hatte früher kein Problem damit, als Mandy jeden Tag da rausgegangen ist, aber…"

„Das bringt die Liebe mit sich, Kumpel. Sie macht einen schwach."

Will verdrehte über diese Andeutung die Augen, und seine braunen Wangen wurden rot. Er gestand sich die Stärke seiner Gefühle noch immer nicht ein, aber Hunt kannte das schon von ihm. Der Kerl war vollkommen verloren.

„Was hält sie davon, dass du dich für die Geiselbefreiungseinheit beworben hast?"

Will zog eine Grimasse.

„Du hast es ihr noch nicht erzählt?"

„Ich habe noch nicht den richtigen Moment gefunden."

Hunt grunzte. „Sie wird es spätestens dann erfahren, wenn die Zusage kommt. Vor allem bei dem ganzen Training, das wir absolvieren."

Will starrte ihn belämmert an.

Hunt ließ es gut sein. Er wollte auf keinen Fall zwischen die Fronten im Privatleben zweier Agenten geraten, die er beide mochte und respektierte. Er persönlich hatte überhaupt kein Interesse daran, in die Beziehungsfalle zu tappen.

Seine Augen waren starr auf das Ziel gerichtet, und das Ziel war es, in die Auswahl der Geiselbefreiungseinheit des FBI aufgenommen zu werden.

Der Leiter seiner Einheit brüllte quer durch das Büro. „Los geht's."

Adrenalin schoss durch Hunts Adern, als er den Lauf seiner Pistole ein letztes Mal kontrollierte. Es war egal, wie oft er in seinen fünf Jahren beim FBI schon Verhaftungen durchgeführt hatte. Man gewöhnte sich nie daran. Er griff nach seiner Kampfjacke, die über seiner Stuhllehne hing, und schritt den Flur entlang zum Treppenhaus ihres neuen Bürogebäudes. Zwanzig weitere Agenten sowie die Jungs vom SWAT-Team brachen mit ihm zusammen auf. Das würde ein Spaß werden.

„Kincaid!"

Der gellende Ruf riss ihn aus seiner Konzentration und ließ ihn abrupt innehalten. Er drehte sich um.

Scheiße.

Caleb Bourne, leitender Special Agent des FBI-Büros von Atlanta, stand am anderen Ende des Flurs.

Hunt hatte nicht gewusst, dass der Special Agent überhaupt seinen Namen kannte. Allen anderen schien das auch neu zu sein, den überraschten Blicken nach zu urteilen, die ihm die Leute zuwarfen. Er hatte keine Zeit für sowas. Der leitende Special Agent wusste doch sicherlich, was los war? Hunt unterdrückte ein Fluchen und löste sich aus der Truppe, ging zurück in Richtung des Büros.

„Boss?"

SAC Bourne rief dem Rest des Teams hinterher. „Ihr müsst ohne Kincaid zurechtkommen."

Was?

Hunt holte tief Luft und schluckte die Worte hinunter, die ihm einen weiteren Verweis in seiner Akte bescheren würden, wenn er sie sich nicht verkniff. „Bei allem Respekt, Sir, ich habe seit über einem Jahr an diesem Fall gearbeitet. Ich habe es verdient, bei der Verhaftung dabei zu sein."

„Ja, das haben Sie." Bournes kühler Blick landete auf seinem Gesicht, aber der Ausdruck des Mannes veränderte sich nicht. „Leider wird das nicht passieren. Ich brauche Sie."

Der SAC machte auf den Fersen kehrt und schritt davon.

Hunt warf Will, der ihn mit offenem Mund und einem was-zur-Hölle-Ausdruck anstarrte, einen angepissten Blick zu.

Aber er hatte keine Wahl, also ging er Bourne hinterher, holte ihn gerade ein, als die Aufzugtüren aufglitten. Er besänftigte seinen Zorn lange genug, um sich zu fragen, was zur Hölle hier los war. Seit wann zog der SAC seine eigenen Dinger durch? Seit wann konnte der SAC einen Agenten von einem potenziell gefährlichen Zugriff mit weitreichenden Konsequenzen abziehen, bei dem eine überwältigende Machtdemonstration der beste Weg war, um sicherzustellen, dass die Verdächtigen sich ohne Widerstand fügten.

Hatte Hunt sich einen Fehler erlaubt?

Er versuchte, sich zu erinnern, welche Regeln er in der letzten Zeit etwas loser ausgelegt hatte, aber ihm fiel nichts sein.

Verdammt, er wollte so gerne den Ausdruck auf Crowleys Gesicht sehen, wenn Fuller ihm die Handschellen anlegte. Wollte sehen, wie der fette Bastard ins Schwitzen kam, wenn ihm klar würde, dass das FBI ihn wegen Korruptionsvorwürfen, Bedrohung, Machtmissbrauch und Schutzgelderpressung an den Eiern hatte.

Konnte das hier nicht eine verfluchte Stunde warten?

Hunt hielt den Mund.

Als ehemaliges Mitglied der FBI-Krisenverhandlungseinheit war der leitende Special Agent des Atlanta-Büros dafür berüchtigt, Schweigen zu seinem Vorteil zu nutzen. Bourne starrte die Leute einfach nur an, und schon beichteten sie Sünden, von denen Bourne gar nicht gewusst hatte, dass sie sie überhaupt begangen hatten. Hunt würde einen Teufel tun, alles gegen die Wand zu fahren, weil er seine große Klappe nicht halten konnte. Er schaute auf die Uhr. Mit ein bisschen Glück würde er zum Rest des Teams dazustoßen können, bevor sie die Verhaftungen ausführten.

Hunt folgte dem SAC an den neugierigen Gesichtern der Assistenten und Sekretärinnen vorbei bis zu dem großen Eckbüro mit dem fantastischen Blick über den Campus der Mercer University und den angrenzenden Wäldern. Ein Blick, in dessen Genuss Hunt bisher noch nie gekommen war.

Bourne setzte sich an seinen Schreibtisch. „Machen Sie die Tür zu. Setzten Sie sich. Hören Sie einfach zu.“

Alles klar.

Es klang nicht gerade so, als ob ihm irgendeine Auszeichnung verliehen werden würde.

Bourne drückte eine Taste auf seinem Laptop und ein Bildschirm an der Wand sprang an. Auf dem Bildschirm war ein Mann in einem schwarzen Anzug zu sehen, die Hände in den Taschen vergraben, der entspannt vor einer Wand aus Monitoren stand, auf denen verschiedene Landkarten zu sehen waren. Er richtete sich auf, als die Verbindung stand, seine Augen waren aufmerksam und scharf.

„Agent Hunt Kincaid, ich darf Sie mit dem stellvertretend leitenden Special Agent Steve McKenzie vom SIOC bekannt machen.“

Das SIOC war das Strategische Informations- und Operationszentrum in der FBI Zentrale in Washington D.C.

Was zur Hölle war hier los?

Ein kleines Grinsen huschte über ASAC McKenzies Gesicht. „Tut mir leid, dass ich Sie von Ihren anderen Verpflichtungen fortgerissen habe. Sieht so aus, als ob Sie gerade eine Menge Spaß verpassen würden.“

Üblicherweise trugen Agenten im Büro keine

schusssicheren Westen und Pistolenholster am Oberschenkel. Hunt nickte dem anderen Agenten knapp zu, gab sich keine Mühe, sein Frustration zu verbergen. Der Bildschirm teilte sich, und Hunt erblickte den legendären Lincoln Frazer, der rechts im Bild auftauchte.

Frazer war in FBI-Kreisen eine große Nummer. Er hatte vor fünf Jahren in Hunts Klasse auf der FBI-Akademie Vorträge über Serienmörder gehalten. Hunt konnte ein Kribbeln zwischen seinen Schulterblättern spüren, was für gewöhnlich hieß, dass etwas Bedeutendes stattfinden würde. Was auch immer es war, das hier war ernst.

Eine umwerfende dunkelhaarige Asiatin in Jeans und T-Shirt krabbelte unter Frazers Schreibtisch hervor.

„Jetzt sollte es funktionieren", sagte sie zu Frazer. „Fassen Sie nichts mehr an."

Frazer räusperte sich ein wenig befangen, als er sich seines Publikums bewusst wurde. „Danke, Agent Chen. Richten Sie den anderen aus, dass die Teambesprechung auf Mittag verschoben wird."

Die Frau zog eine Augenbraue hoch, was Hunt als eine „Seh' ich aus wie Ihre Sekretärin?"-Geste interpretierte, aber die Diplomatie schien diesmal zu gewinnen. „Ja, Boss."

Hunt arbeitete offensichtlich im falschen Büro.

Bourne stelle sie offiziell vor, dann sagte er: „Gentlemen, Agent Kincaid ist Atlantas ABC-Waffen-Koordinator, wie von Ihnen gewünscht."

Hunt neigte den Kopf zu Seite, seine Augen wurden schmal. Jedes Büro hatte einen ABC-Waffen-Koordinator. Massenvernichtungswaffen – weil die Menschheit immer noch größere und bessere Methoden brauchte, um sich gegenseitig umzubringen. Hunt hatte den Posten des Koordinators vor einem Monat übernommen, als eine seiner Kolleginnen in den Mutterschutz gegangen war. Rose Geddy hatte ihn gewarnt, dass er es sich nicht allzu gemütlich zu machen brauche, und er hatte erwidert, dass er kein Verlangen danach hatte, in endlosen Besprechungen mit der Gesundheitsbehörde herumzusitzen, vor allem nicht nach seiner Stippvisite in der Abteilung für Wirtschaftskriminalität. Eher würde er seine Augen in Säure baden.

McKenzie, McKenzie…

Es klickte, und er hatte den Namen eingeordnet, setzte sich aufrecht hin. McKenzie und Frazer waren im Februar in die Vereitelung eines Bombenanschlags auf das FBI-Hauptquartier involviert gewesen. Das Kribbeln in seinem Rücken verwandelte sich in einen ausgewachsenen Juckreiz, gegen den er durch die undurchdringlichen Lagen von Nylon, Kevlar und Baumwolle hindurch nichts ausrichten konnte.

„Was wissen Sie über Anthrax?", fragte McKenzie ohne Umschweife.

Hunt wurde mit einem Schlag hellwach. „Eine biologische Waffe der Kategorie A – eine grausame, tückische Tötungsmaschine. Andere Waffen der Kategorie A sind unter anderem solche Leckerbissen wie Pocken und das Marburg-Virus. Ekelhaftes Zeug."

„Das Anthrax, das 2001 in Briefen verschickt wurde, hat bei elf Menschen die Variante der Krankheit hervorgerufen, die durch Inhalation auftritt." McKenzies Tonfall deutete an, dass diese Information für den weiteren Verlauf von Hunts Tag wichtig sein würde, und ein kalter Schauer lief ihm den Rücken hinunter. „Fünf der Leute sind damals gestorben."

Hunt nickte. Der AMERITHRAX-Fall war auf der FBI-Akademie ausführlich durchgenommen worden. Die

Ermittlungen hatten mehr als acht Jahre angedauert, und das FBI war überzeugt davon, dass der Bioterrorismus das Werk eines Army-Forschers aus Fort Detrick gewesen war.

Nicht alle stimmten diesem Rückschluss zu. Der Wissenschaftler hatte sich umgebracht, bevor es zu einer Gerichtsverhandlung gekommen war.

Hunt würde kein Wort über den Verdienst dieser Ermittlung fallen lassen, denn Karriereselbstmord stand heute nicht auf seiner To-do-Liste. Andererseits tat das eine Lektion über Anthrax auch nicht.

„Was Sie jetzt hören werden, ist absolut vertraulich und obliegt dem Need-to-know-Prinzip. Sie werden ebenso wie jeder andere ABC-Waffen-Koordinator des FBI in diesen Fall eingewiesen", erklärte McKenzie.

Also war er nicht der Einzige, auch wenn Hunt das Gefühl hatte, einer der Ersten zu sein, der informiert wurde. Sein Standort hatte vermutlich eine Menge damit zu tun. Mindestens zwei Labore mit der höchsten Stufe für Biosicherheit befanden sich nur eine kurze Autofahrt von hier entfernt, eines im CDC, dem Zentrum für Krankheitskontrolle und -prävention, das andere an der Georgia State University.

„Ein paar Gramm des normalen Bacillus anthracis, die auf bestimmte Art und Weise verteilt werden, können zum Tod von bis zu hunderttausend Menschen führen." McKenzie blickte grimmig drein.

Normaler Bacillus anthracis?

Frazer übernahm. „Vor nicht einmal einer Woche hat ein illegaler Waffenhändler namens Ahmed Masook versucht, etwas auf dem Schwarzmarkt zu verkaufen, was seiner Aussage nach eine schneller reagierende, waffenfähige Variante von Anthrax ist."

„Waffenfähig?", fragte Hunt.

„Im Labor erhitzt." Frazer presste die Lippen zusammen, als ob er seinen Zorn unterdrücken müsste. „Sie haben behauptet, es würde schneller agieren und dazu virulenter sein als die natürlichen Varianten. Verteilt sich leichter im Wind. Und es ist resistent gegen unsere derzeitigen Impfstoffe."

Unbehagen kratzte an Hunts Wirbelsäule.

„Letzte Woche haben wir Glück gehabt. Wir konnten die Transaktion unterbinden und den Verkauf der Biowaffe verhindern. Leider hat der Waffenhändler diese Sache nicht überlebt, sodass wir ihn nicht zu seinem Lieferanten befragen konnten." Frazers Lächeln wurde rasiermesserscharf.

Aber wenn die Geschichte damit zu Ende wäre, würde Hunt jetzt nicht hier sitzen, während der Rest seiner Einheit die wichtigste Verhaftung des Jahres durchführte.

„Eine der Unterhaltungen, die wir mithören konnten, hat nahegelegt, dass diese neue Variante aus einer US-Quelle stammt. Wir haben ein paar online Korrespondenzen gefunden, aber der Lieferant gibt sich große Mühe, seine Spuren zu verwischen." Frazer war unfassbar sparsam mit näheren Details.

Hunt beugte sich vor. „Wenn Sie den Waffenhandel verhindert haben, nehme ich an, dass Sie im Besitz dessen sind, was auch immer da verkauft werden sollte?"

Frazer nickte vorsichtig.

„Und Sie haben es bereits seit letzter Woche. Ich gehe also davon aus, dass Sie es analysiert haben?" Hunt war sich nicht sicher, was seine Rolle bei dieser Zusammenkunft war. Er wusste nicht, ob er etwas sagen durfte oder nur wortlos nicken und den Hut ziehen sollte. Andererseits hatte das FBI ihn nicht aufgrund seines guten Aussehens angestellt.

„Noch nicht." Frazers kühle blaue Augen wurden dunkel. „Die Biowaffe und der dazugehörige Impfstoff sind … in den Besitz … einer Agentin einer anderen Nation gelangt. Wir haben erheblichen Druck ausgeübt, und sie haben uns schließlich Proben zur Analyse zukommen lassen."

„Können Sie ihnen trauen, dass sie das richtige Zeug geschickt haben?"

Frazer nickte. „Ich glaube schon. Unsere Nationen verfolgen ähnliche Interessen, und wir haben beträchtlichen Einfluss. Wir warten noch auf spezielle Transportgenehmigungen des CDC und des Landschaftsministeriums. Sobald der Transport genehmigt ist, sollten die Proben mit einem Kurier auf den Weg gehen und bis morgen früh im Land sein."

Frazer fuhr fort. „Eine Probe geht an das USAMRIID." Das medizinische Forschungsinstitut der US-Army für ansteckende Krankheiten. „Eine weitere an das CDC. Das CDC wird die Teilproben für die DNA-Analyse organisieren, damit wir den genetischen Fingerabdruck des fraglichen Anthrax zurückverfolgen können."

Es ergab Sinn, diese Sicherheitsvorkehrungen zu treffen und die Proben nicht nur an ein Labor zu schicken. Das letzte Mal, als das FBI eine solche Ermittlung durchgeführt hatte, wurde ihnen zunächst von dem Mann geholfen, der schließlich zu ihrem Hauptverdächtigen wurde. Seit damals hatte sich die Expertise und die Einsatzbereitschaft des FBI in Hinsicht auf Bioterrorismus dramatisch verbessert, aber niemand wollte irgendetwas dem Zufall überlassen.

Die Technologie war durch den AMERITHRAX-Fall radikal verfeinert und vorangetrieben worden.

„Glauben Sie, dass dieser Lieferant früher schon Chargen

dieses waffenfähigen Anthrax an Terroristen verkauft hat?" Was die plötzliche Dringlichkeit erklären würde. Nicht, dass die Vorstellung, wie jemand Anthrax an Terroristen verkaufte, nicht an sich schon furchteinflößend genug war.

„Das glauben wir nicht." McKenzie verzog den Mund. „Die Summen, um die es bei diesem Handel ging, legen nahe, dass das Produkt ausgesprochen hochwertig war, und ein Teil des Wertes sich aus der Exklusivität ergibt – vermutlich sowohl aus der Exklusivität der Bakterienvariante als auch der des Impfstoffes. Wir hätten mittlerweile von einer Häufung von Opfern erfahren, wenn das Material freigesetzt worden wäre. Die Geheimdienste gehen dieser Möglichkeit allerdings nach. Wir wühlen uns weiter durch die Kommunikation und die Bankdaten aller bekannten Beteiligten und suchen nach einer Verbindung."

Okay. „Wie hat der Anthrax-Lieferant den Waffenhändler kontaktiert?" Es war ja nicht gerade so, als würden solche Leute einfach ein Geschäftsschild an ihre Tür hängen.

„Dark Web. Wir haben Hinweise, denen wir dort nachgehen", erklärte McKenzie. „Natürlich stimmen wir uns auch mit der ABC-Waffen-Direktion ab, aber POTUS hat die Aufstellung einer gemeinsamen Terrorismusabwehreinheit für diese Ermittlung angewiesen, für die ich derzeit die Leitung übernommen habe. Die ersten Hinweise deuten in Richtung der Südstaaten."

Hunts Augen wurden groß. POTUS? Der Präsident der Vereinigten Staaten, Joshua Hague, war involviert? Diese Sache war also eine reale und andauernde Bedrohung.

„Was brauchen Sie von uns?", unterbrach Bourne. Theoretisch war er ranghöher als die beiden Männer auf dem Bildschirm, aber es war offensichtlich, dass er hier nicht das

Sagen hatte.

„Sämtliche ABC-Waffen-Koordinatoren des FBI sollen sich mit jeder Person in Verbindung setzen, von der sie wissen, dass sie mit dem Bacillus anthracis arbeitet oder gearbeitet hat. Das CDC hat eine aktuelle Liste dieser Personen.“

„Wird das die Täter nicht in die Flucht schlagen?“ Hunt klopfte mit den Fingerspitzen auf den Schreibtisch seines Bosses. „Womöglich zerstören sie dann sogar Beweise.“

„Uns wäre es lieber, sie würden ihre Vorräte an Anthrax vernichten, als noch mehr herzustellen.“ Frazer klang düster.

„Solange die Verdächtigen keine Hackerprofis sind, ist es nur eine Frage der Zeit, bis wir herausfinden, wer involviert ist“, warf McKenzie ein.

Lincoln Frazer musterte Hunt kritisch. „Sie müssen für uns die Dokumentationen vor Ort überprüfen und herausfinden, wer viel Zeit in den Laboren und mit der Arbeit an Anthrax verbringt, und dann sicherstellen, dass diese Person auch mitbekommt, dass Sie das überprüfen. Achten Sie auf auffälliges Verhalten.“

„Im näheren Umkreis unseres Büros gibt es allein schon diverse hochrangige Regierungsanlagen, Universitäten und private Biotech-Firmen“, ließ Bourne sie wissen.

McKenzie nickte. „Und man braucht noch nicht einmal ein Labor der Sicherheitsstufe 4, um mit Anthrax zu arbeiten. Eine Sicherheitsstufe 2 reicht aus, um mit inaktiven Varianten zu forschen.“

„Inaktive Varianten bringen aber keine Millionen auf dem Schwarzmarkt“, gab Frazer zu bedenken.

Bourne fuhr sich mit den Fingern durch die kurzen Haare. „Haben Sie irgendeine Vorstellung davon, wie viele

Mikrobiologen in unserem Zuständigkeitsgebiet wohnen, die das Wissen und das Können haben, große Mengen dieser Mikroben zu erzeugen?“

„Hunderte“, sagte Frazer.

„Wenn nicht sogar tausende“, warf Hunt ein.

„Wir brauchen mehr Personal“, schlug Bourne vor.

McKenzie schüttelte den Kopf. „Noch nicht. Wir wollen keine Massenpanik verursachen, also müssen alle ABC-Waffen-Koordinatoren die Forscher im Rahmen ihrer üblichen Pflichten kontaktieren. Höchste Priorität gilt für Wissenschaftler, die in der Nähe von Laboren der Sicherheitsstufe 4 wohnen, und dann arbeiten wir uns nach unten durch. Das bedeutet, Atlanta ist als Erstes dran. Agent Kincaid ist neu in dieser Position. Er kann bei den Forschern auftauchen und sich vorstellen, andeuten, dass das FBI überlegt, die Vorschriften für die Arbeit mit diesen Substanzen zu überholen, beispielsweise, wer in Zukunft damit arbeiten darf und dergleichen. Das bringt die Leute in der Regel dazu, den Wert ihrer Forschungsarbeit hervorzuheben. Sobald Sie das Labor verlassen haben, werden diese Leute mit ihren Kollegen telefonieren und wissen wollen, was zur Hölle los ist, und wie man das verhindern kann. Es wird sich herumsprechen. Die bösen Buben werden panisch werden, worauf wir sogar ehrlich gesagt zählen. Wir haben hier im SIOC einen ganzen Raum voller Analysten, die sämtliche Daten überprüfen und Aktivitäten überwachen. Wir verfolgen Ihre Kontakte mit den Forschern und überprüfen, wie es sich weiterverbreitet.“

„Verfolgen?“, fragte Hunt verblüfft. „Überwachen Sie mein Diensthandy?“

„Wir hören Sie nicht ab“, versicherte ihm Frazer. „Aber

wir zeichnen Ihre GPS-Daten auf, Anrufzeiten und E-Mails, damit wir Ihre Standorte und Ihre Kommunikation hinsichtlich der Aktivitäten der Forscher ermitteln können. Wir werden mit Hilfe eines Supercomputers und unserer Freunde bei der NSA die Aktivitäten aller unserer ABC-Waffen-Koordinatoren überwachen. Irgendwelche Einwände?" Frazer hob herausfordernd eine Augenbraue.

„Nein, Sir." Auch wenn es seltsam sein würde, überwacht zu werden.

McKenzie schaute auf die Uhr. „Sie haben in einer halben Stunde ein Treffen mit einem Abteilungsleiter im CDC, um festzulegen, mit welchen Personen Sie zuerst sprechen sollten, und dann starten Sie Ihre Nachforschungen. Ein Dr. Jez Place. Ich habe Ihnen den Kontakt auf Ihr Handy geschickt. Kontaktieren Sie mich, sobald Ihnen jemand verdächtig vorkommt. Der ABC-Waffen-Koordinator in San Antonio ist der Nächste auf unserer Liste. Halten Sie Augen und Ohren offen."

Hunt entspannte sich ein wenig. Georgia war nicht der einzige Staat, der von verrückten Wissenschaftlern durchtränkt war, auch wenn es hier natürlich mehr als genug davon gab.

Anthrax war ein unsichtbarer, willkürlicher Killer. Wie konnte jemand des Geldes wegen etwas herstellen, was möglicherweise tausende von unschuldigen Menschen umbrachte? Diese Vorstellung war allen anständigen Menschen verhasst und verursachte ihm ein Unbehagen, das er nur schwer benennen konnte.

Er wartete darauf, wegtreten zu dürfen, dann zog er seine Einsatzkleidung aus und schlüpfte in einen seiner vielen Anzüge, rückte in der gespenstigen Stille des leeren

Bürogebäudes seine Krawatte zurecht.

Sah ganz danach aus, als ob er seine Zeit wieder am Schreibtisch oder mit der Befragung von Forschern verbringen würde. Die Spannung brachte ihn fast um. Je schneller die Auswahl für die Geiselbefreiungseinheit stattfand, desto besser.

Aber das Kribbeln zwischen seinen Schulterblättern meldete sich zurück. Wie verrückt versuchte er, sich an der Stelle zu kratzen. Er konnte nichts dagegen ausrichten, und ihm wurde schließlich klar, was genau es war.

Grauen.

„Kaltblütig" (Kalte Gerechtigkeit 10) ist ab sofort erhältlich und kann *hier* bestellt werden.

NÜTZLICHE ABKÜRZUNGEN FÜR TONIS BÜCHER

AG: Attorney General – Generalstaatsanwalt

ASAC: Assistant Special-Agent-in-Charge – Rang beim FBI, eine Stufe über dem Supervisory Special Agent (SSA)

ATF: Alcohol, Tobacco, and Firearms – US-Behörde für Alkohol, Tabak, Schusswaffen und Sprengstoffe

BAU: Behavioral Analysis Unit – Abteilung für Verhaltensanalyse

BOLO: Be on the Lookout – Fahndung

BUCAR: Bureau Car – FBI-Auto

CIRG: Critical Incident Response Group – Zentrale Krisen-Interventions-Abteilung des FBI

CMU: Crisis Management Unit – Unterstützt die CIRG

CN: Crisis Negotiator – Krisenverhandler

CNU: Crisis Negotiation Unit – Krisenverhandlungsabteilung

CODIS: Combined DNA Index System – Nationale DNA-Datenbank der USA

CP: Command Post – Befehlsstelle

DEA: Drug Enforcement Administration – US-Drogenbehörde

DOB: Date of Birth – Geburtsdatum

DOJ: Department of Justice – Justizministerium

EMT: Emergency Medical Technician – Rettungssanitäter

ERT: Evidence Response Team – FBI-Spurensicherungsteam

FOA: First-Office Assignment – Erster Büroeinsatz bei Strafverfolgungsbehörden

FBI: Federal Bureau of Investigation – Zentrale Sicherheitsbehörde der USA

FO: Field Office – Außenstelle des FBI

IC: Incident Commander – Einsatzleiter

HRT: Hostage Rescue Team – Geiselrettungsgruppe, FBI-Spezialeinheit

HT: Hostage-Taker – Geiselnehmer

LAPD: Los Angeles Police Department – Polizei der Stadt Los Angeles

LEO: Law Enforcement Officer – Strafverfolgungsbeamter

ME: Medical Examiner – Gerichtsmediziner

MO: Modus Operandi

NAT: New Agent Trainee – Neuer Agent in Ausbildung

NCAVC: National Center for Analysis of Violent Crime – Nationales Zentrum für die Analyse von Gewaltverbrechen

NCIC: National Crime Information Center – zentrale Datenbank der USA zur Sammlung von Informationen in Zusammenhang mit der Kriminalitätsbekämpfung

NYFO: New York Field Office – FBI-Außenstelle New York

OC: Organized Crime – Organisiertes Verbrechen

OCU: Organized Crime Unit – Abteilung zur Bekämpfung von organisiertem Verbrechen

OPR: Office of Professional Responsibility – Büro zur Untersuchung von Fehlverhalten von beim Justizministerium beschäftigten Juristen

POTUS: President of the United States – Präsident der USA

RA: Resident Agency – Kleine Außenstelle des FBI

SA: Special Agent – FBI-Agent

SAC: Special Agent-in-Charge – Leiter eines FBI-Büros oder Region

SAS: Special Air Squadron (British Special Forces unit) – Spezialeinheit der britischen Armee

SIOC: Strategic Information & Operations – Weltweite Kommando- und Kommunikationsabteilung des FBI

SSA: Supervisory Special Agent – FBI-Teamleiter

SWAT: Special Weapons and Tactics – Besonders ausgebildete taktische Spezialeinheit

TC: Tactical Commander – Befehlshaber einer taktischen Spezialeinheit

TOD: Time of Death – Todeszeitpunkt

UNSUB: Unknown Subject – Unbekanntes Subjekt (im Sinne von unbekannter Täter)

ViCAP: Violent Criminal Apprehension Program – Programm zur Aufdeckung von Gewaltverbrechen

WFO: Washington Field Office – FBI-Außenstelle Washington

DANKSAGUNGEN

Im letzten August habe ich in der entzückenden Stadt Shawano in Wisconsin (nicht weit entfernt von der Gegend, in der ich *Kalte Jagd* angesiedelt habe) zusammen mit vier der talentiertesten und wundervollsten Menschen, die ich kenne, einen Schreibworkshop besucht – Kathy Altman, Jenn Stark, Carolyn Crane und Rachel Grant. Es war eine Periode wildester Kreativität und eine künstlerische Verjüngungskur. Bevor ich nach Wisconsin abgereist bin, hatte ich erkannt, dass dieser Novelle etwas fehlt, und diese vier haben mir dabei geholfen, herauszufinden, was es war. Ich muss nicht erwähnen, dass es viel Stoff für eine vierzig-tausend-Wort-Geschichte war, aber ich hoffe, Sie haben die Ergebnisse meiner Arbeit genossen. Ich wollte Alex und Mallory die beste Hochzeit überhaupt ermöglichen, insbesondere nach dem ganzen Leid, das sie auf ihrer Reise erleiden mussten. Aber ich hätte auch niemals mehr als ein oder zwei Kapitel über die eigentliche Hochzeit schreiben können. Ich hatte immer vor, mehr über Jane Sanders' tragische Vergangenheit zu enthüllen, und das war die perfekte Gelegenheit dazu. Trotz allem, was manche Kritiker ohne Zweifel sagen werden, ist dieses Buch nicht das letzte der Kalte Gerechtigkeit-Serie, auch wenn ich über ein mögliches Spin-off nachdenke.

Wie immer vielen Dank an Kathy Altman dafür, meine Kritikpartnerin zu sein. Sie gliedert meine Geschichten auf und scheint zu verstehen, wie mein Gehirn funktioniert (keine kleine Sache). Und vielen Dank auch an Rachel Grant für das Probelesen des Manuskripts, obwohl sie so beschäftigt war.

Weiterer Dank gilt meinen Lektorinnen Alicia Dean und Joan Turner von JRT Editing für das Überarbeiten des Buchs (Kommas sind mein Kryptonit). Meiner Designerin der Einbände, Regina Wamba, die fantastisch ist. Und danke an Paul Salvette (BB eBooks), der meine Bücher mit unglaublicher Sorgfalt editiert.

Ich bin mir ziemlich sicher, dass ich jemanden vergessen habe, vielleicht Martha Stewart für ihre Zeitschrift „Weddings" oder Pinterest für den endlosen Strom an Inspiration, um die Hochzeit, die Handlung und die Figuren zu visualisieren.

Wie immer möchte ich meinem Mann dafür danken, so großartig zu sein, und meinen Kindern dafür, die besten Menschen der Welt zu sein (und ja, ich bin voreingenommen!).

Vielen Dank auch an Martin Wick und Stefanie Mills für ihre großartige Arbeit bei der Übersetzung dieses Buches ins Deutsche.

ÜBER DIE AUTORIN

Toni Anderson schreibt unverblümte, sexy, romantische Thriller und ist eine *New York Times* und *USA Today* Bestsellerautorin. Ihre Bücher wurden mit den Readers' Choice, Aspen Gold, Book Buyers' Best, Golden Quill und National Excellence in Romance Fiction Awards ausgezeichnet. Sie war Finalistin sowohl beim Vivian Contest als auch beim RITA Award der Romance Writers of America, außerdem beim Daphne du Maurier Award of Excellence und der Holt Medallion.

Am bekanntesten für ihre „Cold" Bücher ist es vielleicht nicht überraschend, dass Toni in einem der extremsten Klimazonen der Erde lebt – in Manitoba, Kanada. Als ehemalige Meeresbiologin vermisst Toni immer noch das Meer, hat aber das Glück, zu Forschungszwecken zu reisen (wenn sie nicht gerade eine Pandemie erlebt!). Im Januar 2016 besuchte sie das FBI-Hauptquartier in Washington DC, einschließlich einer Tour durch das Strategic Information and Operations Center (SIOC). Sie hofft innständig, dass sie nicht aufgrund ihrer Google-Suchen verhaftet wird.

Toni liebt es, von Lesern zu hören:
E-Mail: toni@toniandersonauthor.com
Website: www.toniandersonauthor.com/german

Lerne Toni online kennen:
Facebook: facebook.com/toniandersonauthor
Instagram: instagram.com/toni_anderson_author

Wenn du mehr über Tonis deutsche Bücher erfahren möchtest und darüber, wie ihr Schreiben durch ihre Hunde behindert beziehungsweise unterstützt wird, dann melde dich doch für ihren deutschen Newsletter an. Sie liebt es, ihre Leser besser kennenzulernen.
landing.mailerlite.com/webforms/landing/e2o8r3

9 781988 812670